形上诗词二百首

王天德　著

中国财富出版社

图书在版编目（CIP）数据

形上诗词二百首/王天德著. —北京：中国财富出版社，2019.9

ISBN 978-7-5047-6919-0

Ⅰ.①形…　Ⅱ.①王…　Ⅲ.①诗词—作品集—中国—当代　Ⅳ.①I227

中国版本图书馆CIP数据核字(2019)第100683号

策划编辑 郝婧婕　　**责任编辑** 郝婧婕

责任印制 梁　凡　郭紫楠　　**责任校对** 刘瑞彩　　**责任发行** 董　倩

出版发行 中国财富出版社

社　　址 北京市丰台区南四环西路188号5区20楼　　**邮政编码** 100070

电　　话 010-52227588转2098（发行部）　　010-52227588转321（总编室）

010-52227588转100（读者服务部）　　010-52227588转305（质检部）

网　　址 http://www.cfpress.com.cn

经　　销 新华书店

印　　刷 天津雅泽印刷有限公司

书　　号 ISBN 978-7-5047-6919-0/I · 0293

开　　本 710mm×1000mm　1/16　　**版　　次** 2019年9月第1版

印　　张 20　　**印　　次** 2019年9月第1次印刷

字　　数 392千字　　**定　　价** 80.00元

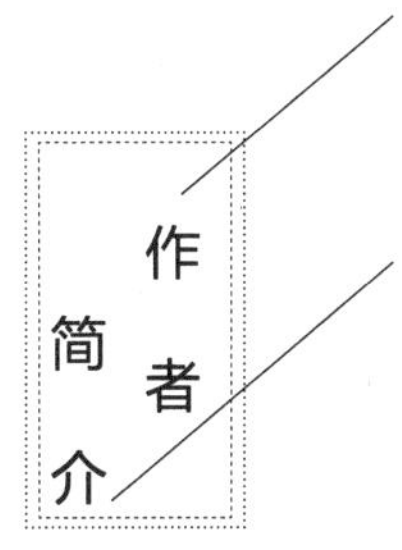

王天德，笔名形上。男，大学本科毕业。浙江传媒学院教授。先后任职于义乌市委、金华市委宣传部，后从金华电视台调至浙江广播电视学校（现为浙江传媒学院），在党委宣传部、统战部、科研处工作。退休后担任中国广播电影电视社会组织联合会媒介素养研究基地副主任兼秘书长、浙江省媒介素养教育研究会副会长兼秘书长。主持国家社科基金后期资助项目 1 项，主持省部级科研基金项目 3 项。出版专著 2 本，编著 9 本，在国家核心期刊发表论文 30 余篇。组织中国（西湖）媒介素养高峰论坛 6 届。应邀参加联合国教科文组织媒介信息素养与跨文化对话论坛 3 届，并发表演讲。被聘为联合国教科文组织“媒介信息素养与跨文化对话”项目教席。

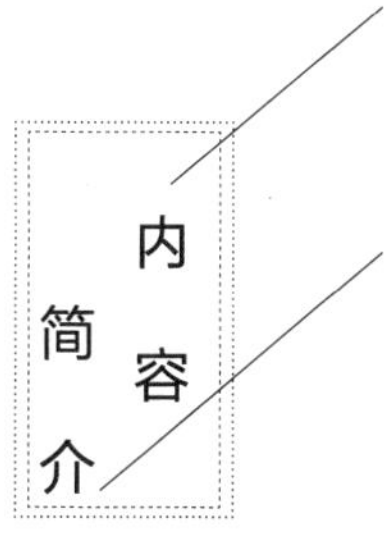

本书为王天德（笔名形上）老先生的诗词合集，收录古体诗词、现代诗等共二百余首。全书分为八个部分，每个部分有独立的主题，包括友谊、情感、婚恋、生命等，是王天德老先生一生心情、态度、立场、主张和观点的体现。王天德老先生虽然学诗时已是垂暮之年，且大多数作品是在重病之下坚持写就的，然而他的诗词读来温馨亲切、自然平实，相信定能引起读者的共鸣。

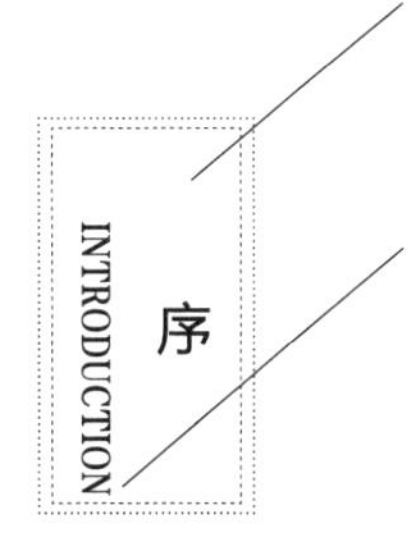

德与天齐：大鹏一日同风起

习近平总书记曾把经典诗词称作“终生的民族文化基因”，在其文章、讲话与著作中也曾多次引用诗词佳句来表达深刻丰富的含义。

当我们翻开中国文学史、翻开中国诗歌史，在古诗词中遨游，在古诗词中探寻中华文脉时，就会发现有无数铁的事实：以《诗经》《楚辞》为源头的那些浩如烟海、流传千年的经典诗词对打造中华文化具有无可比拟的巨大作用。

会当凌绝顶，一览众山小

探本穷源，孔子说：“见贤思齐焉，见不贤而内自省也。”“不愤不启，不悱不发。举一隅不以三隅反，则不复也。”历代优秀、经典的诗词，就是我们当今未曾谋面的良师，我们可以静下心来，细细揣摩，慢慢品味。

近代国学大师王国维在《人间词话》中提到，“古今之成大事业、大学问者，罔不经过三种之境界：‘昨夜西风凋碧树。独上高楼，望尽天涯路。’此第一境也。‘衣带渐宽终不悔，为伊消得人憔悴。’此第二境也。‘众里寻他千百度，蓦然回首，那人却在，灯火阑珊处。’此第三境也。”王国维先生原本讲的是成大事业、做大学问，但这话也同样适合我们当下学习古诗词、创作旧体诗。

读史可使人明智，鉴以往可以知未来。学习古诗词，必定先从源头《诗经》《楚辞》开始，厘清中国古代诗歌的源流、衍变和发展脉络，这样才能纲举目张。认真梳理一下中国诗歌史（现当代诗歌暂略），可以发现《诗经》中的贴近百姓的《国风》，宏伟瑰丽的《楚辞》，实为中国先秦时期诗歌的现实主义、浪漫主义两大巍巍高峰。汉乐府《孔雀东南飞》《陌上桑》传诵至今，特别是被誉为“一字千金”“五言之冠冕”的《古诗十九首》，长于抒情，善用比兴手法。汉末建安时期，曹操、曹丕、曹植，这“三曹”和孔融等“建安七子”，在中国诗歌史上，第一次掀起了文人诗歌的高潮。建安风骨，一直为文人雅士所喜爱。东晋的陶渊明在中国诗歌史上首开田园诗的先河，他清新、自然的诗风，一直影响着后人。隋唐时期，诗风极盛，著名诗人不胜枚举。唐前期以王勃、杨炯、卢照邻、骆宾王这“初唐四杰”和反对齐梁诗风、提倡“汉魏风骨”的陈子昂为代表。盛唐时期，是中国古代诗歌繁荣的顶峰，是前无古人、后无来者的黄金时期。此期除了“诗仙”李白、“诗圣”杜甫、“诗魔”白居易之外，还涌现出以王维、孟浩然为代表的田园诗派和以岑参、高适为代表的边塞诗派。唐朝晚期，“小李杜”李商隐、杜牧的诗歌创作多忧国伤时，成就很大；“诗鬼”李贺想象奇特，崇尚险怪。唐末至五代时期，温庭筠、韦庄创作了或华美或清新的词作。五代好诗较少，但以“千古词帝”李煜为代表的词，异军突起，脍炙人口，青史留名。著名电影《一江春水向东流》的片名就是来自李煜的名作《虞美人》里的名句。北宋以“豪放派”诗人苏轼名气最大、佳作最多，此外严格遵循格律的黄庭坚及其“江西诗派”影响也很大。北宋的词坛，群星灿烂：晏殊、晏几道、柳永、张先、贺铸、欧阳修……欧阳修的诗词作品，数量上，诗多于词；质量上，词高于诗。北宋词艺术上，以精通音乐的“婉约派”周邦彦为最高，北宋末期至南宋初期的代表人物，无疑是“千古第一才女”李清照。她的诗、词各有千秋，相形之下，笔者更偏爱她的词作。南宋前半期，出现了杨万里、范成大、陆游、尤袤“中兴四大诗人”，又称“南宋四大家”，他们作品极多，成就也很大。南宋的词，艺术以精通音乐的“清雅词派”姜夔为最高，影响以“豪放派”辛弃疾、陈亮为最大。南宋末诗人对后代的影响，从思想性来看则以文天祥最为著名，此外，南宋末期在艺术上可圈可点的词人，周密、王沂孙、吴文英等可以作为代表。金国的代表诗词作家自然是自幼聪慧，有“神童”之誉的元好问。元朝时，曲（曲子词）兴起，诗、词作品不绝如缕。著名曲作者有“元曲四大家”关汉卿、马致远、郑光祖、白朴。明代初期，诗歌复兴，代表诗人有刘基、高启等。明代中期，“台阁体”诗、前七子、后七子相继出现，作品多歌功颂德、学习古人等，影响不够大。明代后期诗歌成就也不高，如同退潮之后的海滩。清代的文学光芒基本集中于《红楼梦》等长篇小说以及如日中天的楹联。清朝诗歌作品和作者数量颇多，但为人熟知的不太多，比较出名的有清朝后期的龚自珍、黄遵宪等人。清代词作也不少，其发展之盛，史称“中兴”，代表词人有纳兰性德（字容若）等，“浙西词派”朱彝尊也时有佳作。不过，笔者以为真正能代表清朝词人最高水平的，当属“清朝第一才子”纳兰性德，王国维先生更是盛赞他“北宋以来，一人而已”。纳兰性德的词作写景逼真传神，以“真”取胜，词风“清丽婉约、格高韵远”，他的词作传诵至今。纳兰性德成为清代词人的绝唱，也成为中国古代诗人最后的强有力的回音。纳兰性德的词作是当下的热宠，“左手仓央嘉措，右手纳兰容若”就是明证。

唐代韩愈《进学解》曾言：“占小善者率以录，名一艺者无不庸。爬罗剔抉，刮垢磨光。盖有幸而获选，孰云多而不扬？”笔者认为，里面的“爬罗剔抉，刮垢磨光”是值得今人深思的真理。

操千曲而后晓声，观千剑而后识器

中国古代诗歌，除了现实主义、浪漫主义两大流派，还有豪放派、婉约派等无数的支派，如千万条溪流汇成汹涌澎湃的长江、黄河一样，为后世文学创作，特别是诗歌创作，奠定了深厚的人文基础和艺术底蕴。

“操千曲而后晓声，观千剑而后识器。”此句出自刘勰《文心雕龙》。文学创作带来了文学评论，诗歌创作同样带来了许多有关诗歌的评论作品。创作和评论，相辅相成，相得益彰。诗评著作有钟嵘的《诗品》、刘勰的《文心雕龙》，而第一部诗话则是北宋欧阳修的《六一诗话》，之后有元好问的《论诗绝句》、叶燮的《原诗》、谢榛的《四溟诗话》、王世贞的《艺苑卮言》、胡应麟的《诗薮》、李渔的《闲情偶寄》、袁枚的《随园诗话》、赵翼的《瓯北诗话》、梁启超的《饮冰室诗话》、王国维的《人间词话》、钱锺书的《谈艺录》等。夏承焘、唐圭璋、龙榆生，被称为“二十世纪最负盛名的词学大师”，分别著有《唐宋词论丛》《词话丛编》《词曲概论》，还有加拿大华人、当代著名词学家叶嘉莹《迦陵论词丛稿》，等等。他们都有精湛的诗词造诣，这些倾注他们大量心血的杰作都是引导旧体诗作者创作的津梁。当然毋庸讳言的是，传统的儒家诗教，是偏好和推崇“温柔敦厚”“中正平和”的作品的。

理论来自实践，又高于实践，并为实践服务。中国古代诗人多如繁星，佳作如云。大量的诗词创作，理所当然地催生了博大精深的诗词理论：钟嵘《诗品》的“动天地，感鬼神，莫近于诗”；刘勰《文心雕龙》“登山则情满于山，观海则意溢于海”……博大精深的诗词理论和诗词表现手法又指导着诗词创作不断向前发展。

这些浩如烟海的诗词作品和诗词理论都是当下旧体诗创作者宝贵的精神财富。中国古代诗歌的专集、合集，不胜枚举；诗话、词话也非常多，这是旧体诗创作者天大的幸事。

“诗话者，辨句法，备古今，纪盛德，录异事，正讹误也。”古人总结了无数诗人、词家成功的创作经验并提出一些远见卓识，这里面的许多见解力透纸背、精辟绝伦，值得当今旧体诗创作者细细领会。创作旧体诗，多一项技能，自然多一分精彩，多一分出彩。

《尚书·舜典》："诗言志，歌永言，声依永，律和声。"诗是表达作者志向的乐章，是需要长久歌咏的，五声是依附于所歌咏的诗的，使用十二律和五声合于节奏。

"诗言志，歌永言，声依永，律和声"，特别是"诗言志"，已经是人人皆知的中国古代诗歌的鲜明特征。我们仔细披阅中国历代诗歌理论专著，就不难注意到有五个出现频次较多的审美观：志、情、形、境、神。这五个高频审美观自然是中国古代诗论中极其重要的五根支柱。梳理一下这五个重要审美观的来龙去脉，探究它们各自丰富的内涵，就会慢慢弄清楚它们的内在含义与外在关联，进而就会渐渐发现诗词的一个共同点：发端于"志"，演进于"情"和"形"，完成于"境"，从而提升到"神"的高度。

立意，是所有文体写作的第一要领，意在笔先，意在作品中当然居领导和主宰地位。历代文学理论家对此有许多正确的表述。"诗言志"是我国古代文论家对诗的最本质特征的精准认识。《诗经》的作者在关于作诗目的的叙述中就有"诗言志"这种观念的萌芽。历代对"诗言志"的"志"的具体含义，在一些细微之处有不同的解释，且都在随着时代的不断前进而不断有所发展。

《左传》所谓"诗以言志"，意思是"赋《诗》言志"，指借用或引申《诗经》中的某些篇章来暗示自己的某种政教怀抱。《舜典》的"诗言志"，是说"诗是言诗人之志的"，这个"志"的含义侧重指思想、抱负、志向。

战国中期以后，由于对诗歌的抒情特点的重视以及百家争鸣的开展，"志"的含义已逐渐扩大。孔子时代的"志"主要是指政治抱负，这从《论语》中孔子观其弟子之志就可看出来。而庄子"诗以道志"的"志"则是指一般意义上人的思想、意愿和感情。《离骚》中所说"屈心而抑志"，这个"志"的内容虽仍然以屈原的政治理想抱负为主，但显然也包括了因政治理想抱负不能实现而产生的激愤之情及对谗佞小人的痛恨之情。至于屈原在《怀沙》中所说"抚情效志兮，冤屈而自抑"，这里的"志"实际上指的是他内心的思想、意愿、感情。因此，我们可以看到先秦"诗言志"的内涵是有发展、有变化的。

到汉代，人们对"诗言志"，即"诗是抒发人的思想感情的，是人的心灵世界的呈现"这个诗歌本质特征的认识基本上趋于明确。《毛诗序》说："诗者，志之所之也，在心为志，发言为诗，情动于中而形于言。"情志并提，两相联系，就比较中肯而客观了。这种观点自然受到后世绝大多数人的普遍认可和推崇。

笔者倾向于"诗是抒发人的思想感情的，是人的心灵世界的呈现"这一观点。这里"人的思想感情"很自然地包括每个人的理想和抱负，当然，"人的思想感情"，一旦能站在历史的高度来抒发，并顺应时代的潮流，就必然能引起后代人的强烈共鸣，就像杜甫著名的《石壕吏》《新安吏》《潼关吏》与《新婚别》《无家别》《垂老别》这“三吏”“三别”一样。让不同作者选择最适合他们的表达方式，也就可以丰富人民群众的精神生活。

立意，用通俗的话说就是“要表达怎样的思想”。写作旧体诗同样不例外。当代作者创作的旧体诗，自然有相当一部分是与国家同呼吸、与民族共命运的，笔者认为更多的，还是抒发作者的内心情感，如果能借助生动优美的语言，表达出来的效果就会倍增。

“心若清雅，便不落俗。”古龙也曾说：“真正的寂寞是一种深入骨髓的空虚，一种令你发狂的空虚。纵然在欢呼声中，也会感到内心的空虚、惆怅与沮丧。”从古至今，上下五千年，又有几个人能真正理解寂寞的含义？

长风破浪会有时，直挂云帆济沧海

当下是个好时代，正是文人雅士发挥创作才华的好时机。聚焦时代之变，引领时代之风。引吭高歌“大江东去……”奔向光明的彼岸。

总有一种智慧，让人坚定从容。对当下的旧体诗创作者来说，除了敢于恨也要敢于爱，能轻松享受生活的快乐，也要能耐得住寂寞。我们每个人都有渴望幸福、追求幸福、享受幸福的权利。人的一生就是在不断追求幸福的真谛。当然，不同文化水平、不同人生境遇、不同心态的人会有不同的解释和回答。苏东坡用自己的一生实践了“好的人生，能讲究，也能将就”，这或许是当下绝大多数旧体诗创作者所向往的。

因此，除了立意、选材、布局、谋篇、起承转合等，了解并运用中国古诗词常见的句读、对仗、特殊诗格，了解并运用中国古诗词常见的修辞方法，像比喻、通感、比拟、借代、夸张、对偶、顶真、排比、设问、反问……也是旧体诗创作者必备的基本功。另外，巧妙地使用叠词，能够增强诗句的韵律感，并起到强调作用。

诗是用来表达人的志趣的，歌是延长诗的语言，声音的高低决定了声调的属性，律吕用来调和音调。诗、词和曲，是我们中华民族所独有的诗歌体裁，依据古汉语“平、上、去、入”四种读音，以“韵”“声”“调”三位一体为基本特征，抑扬顿挫的声调，表现出诗人或喜或悲的各种情感。这些诗歌体裁不仅是中国古代读书人的心灵寄托的一种方式，古为今用，也为现代人提供了表情达意的新平台。现代汉语也有阴平、阳平、上声、去声这四声，由于现代汉语没有了“入声”字，表现拗怒等极少数情感的效果会偏弱。李清照的《声声慢》、岳飞的《满江红》，如不用入声字作为韵脚，感染力就会大大降低。

晋朝顾恺之善画人像，有时画好的人形，数年之后还不点上眼睛。因为他认为人物的神情意态，就在这双眼睛上。这才有南朝宋时期刘义庆《世说新语·巧艺》：“四体妍蚩，本无关于妙处，传神写照，正在阿堵中。”旧体诗中的“诗眼”与绘画中的点睛之笔地位相同，都是各自艺术中最关键所在。所谓“诗眼”，就是一首诗里面最能体现诗人思想、情感的字词。“诗眼”在诗中具有高度的概括性、生动性和情趣性，是全诗的灵魂所在。

此外，还要注意绝句、律诗与词的文体区别。诗与词的文体是有比较明显的区分的，前人已备述。简单地说：诗可以直抒胸臆，而词讲究曲折深婉。

格律诗也称近体诗，是古代汉语诗歌的一种，是唐以后成型的诗体，主要分为绝句和律诗。按照每句的字数，可分为五言和七言。结构严谨、平仄有致的格律，起源于南齐，迅速发展于初唐，成熟于盛唐。格律，是中华民族独特的、瑰丽的文化遗产，也是旧体诗创作者必须严格遵守的法度。

诗词格律、篇式、句式等有一定的规格，音韵有一定规律，如果有变化，就必须严格遵守一定的规则。

“绳墨之起，为不直也。”当代人写的旧体诗也称为格律诗或近体诗，既然是格律诗，创作时，就自然应该像盛唐诗人一样一丝不苟。俗话说：“没有规矩，不成方圆。”诗词格律，是绳墨、是规范、是法度。不同于现代诗，创作旧体诗，必须严格遵循旧体诗的格律，不能有丝毫的侥幸心理，更容不得一丝半点的马虎。

遗憾的是，囿于个人水平，当今还有一些不合韵、平仄失替的“诗”“词”“联”，在官方的报刊、电视节目上“登堂入室”。笔者建议：相关编辑必须提高自身的文化素养，特别是诗词格律方面的知识，严格把关，当好“守门人”，以免误导广大读者、观众。

当今，介绍诗词格律的书籍很多，笔者认为最权威的是北京大学王力先生的《汉语诗律学》。《汉语诗律学》是提振旧体诗创作者诗词格律素养的绝佳之作，只是它太专业、太艰深了。通俗一点的，有王力先生的《诗词格律十讲》，这本书是向大众介绍诗词格律的最佳普及读物。读者可以从王力先生的《诗词格律十讲》中了解旧体诗的格律，知道如何押韵，如何对仗，如何粘对，如何避免孤平、孤仄，如何避免三平尾，如何避免合掌，如何理解“一三五不论，二四六分明”……至于格律诗中的变体诗，特别是“拗体诗”，会牵涉“拗救”等许多高深的诗词格律，需要创作者不断修炼。

现在越努力，未来越幸运。好书不厌千回读，好诗不厌千回读，平时熟读、熟背古代优秀诗词作品，熟读、熟背平声字表和仄声字表，特别是平声字表中的2500个常用汉字，掌握尽可能多的入声字，大有裨益。在几千年的发展中，汉语有一些多音多义字，这是客观存在的。旧体诗创作者遇到可平可仄的字，一定要根据具体的语境做出准确的判断，切不可草率。

所谓“抱朴守拙”，通过细心研读，把自己遇到的诗词格律难题一个个掰开了、揉碎了，努力寻求解决的良方，这也是旧体诗创作者走向成熟的必经之路。

时间在流逝，时代在发展。对平水韵的准确判断，今人已经远远落后于古人。当今的旧体诗创作者中的大多数人，还不能准确对诗词格律进行人工检测。值得庆幸的是，现在网上有“搜韵”“诗词吾爱”等好几个网站有诗词格律检测系统，可以免费检测。所以，作者在写了诗、词之后，如果自己吃不准韵部、平仄，可先通过网上的诗词格律检测系统进行查验。一旦发现韵脚、平仄还存在一些问题，必须一一加以修改。

吟诗时，还需要知道韵部与情感的关联。一般来说，表现欢乐情绪的，多选用欢欣高昂的韵部；表现低沉心境的，多选用忧伤低沉的韵部。作者要知道哪几个韵部适合表现高昂激越的情感，哪几个韵部适合表现缠绵悱恻的情感。

填词时，还需要注意词牌名与情感的关联。比较适宜表现激昂慷慨之情的，有《满江红》《沁园春》《六州歌头》等；《贺新郎》多抒发苍凉的感情；《千秋岁》宜写忧郁悲伤之情；《寿楼春》是表现悼亡的。切勿望文生义，误把本来是表现悲伤情感的词牌名用来写祝贺的内容。作者写作之前，可多查查《钦定词谱》《碎金词谱》《中华词律辞典》《常用词谱一百调》等相关工具书。

另外，要熟记常用领字，如“一字领”：看、望、听、想、读、览、喜、溯、怅、怕、任、待、问、凭、叹、嗟、念、试、应、将、须……如“二字领”：却将、莫非、何须、只需、须知、须念、还须、即此、如此、居然、自然、但看、但闻、但得……如“三字领”：最难忘、最可怜、最无端、最堪怜、最妙处、只赢得、只留得、写不尽……

“求木之长者，必固其根本，欲流之远者，必浚其泉源。”（魏徵《谏太宗十思疏》）。中国古代优秀诗歌源远流长，浩如烟海，我们不能蠡测管窥，那是看不到事物的整体和全貌的。

“不惮辛劳不惮烦，釜中沸沫已成澜。”现在是网络时代，各种碎片化的信息充塞其中，虽然人们可随时随地阅读相关资讯，但这对系统地学习古诗词并非十分有利。

闲暇时分，沏一壶春茶，不妨“冷水泡茶慢慢浓”。阅读原典、精研原典，从《唐诗三百首》起步，再精读《唐诗选》《宋词选》等，渐渐领悟诗词中的旨趣和意象，随着时间一分一秒地过去，茶汁会慢慢融入水里，品尝时就会领略到浓郁的茶香，也会把人生所有的悲欢都煮成甘甜，煮成诗意。

厚道之人，必有厚福。人生匆匆几十年，有甘更有苦，需要不断修炼。读书苦，读诗苦，写诗更苦，苦在其中，也乐在其中。经常阅读怎样的作品，与怎样的人交往，这无疑非常重要，甚至能改变一个人的人生轨迹，决定一个人的人生成败。

过来人常说：“读书不苦，不读书的人生，才真的叫苦。”

“在心里种花，人生才不会荒芜。”宋代大诗人苏东坡、明代大儒王阳明都用自身的经历告诉人们：大千世界，愉悦人的事有千千万万，其中一种就是读诗。经常阅读古代优秀的诗词作品，仿佛整天就和古代的优秀诗人在一起，即使诗词创作不成功，人生也会很快乐！生活在粗茶淡饭中生香，精神在灵魂深处提升。做一个又快乐又健康的人，这也是爱自己的一种很好的方式。还有茶人说：“淡”是人生最深的滋味。红尘滚滚，走南闯北，历经风吹雨打，饱尝人间的酸甜苦辣，当岁月染白了双鬓，阅历丰富了，自然看淡功名利禄，就能渐渐迈入人生前所未有的崭新境界。

说是说非，若不下苦功，一切皆为画饼。多读多背优秀的古诗词，是初学者的必经之路和不二法门。只有具备了丰厚的积淀，才能跃马扬鞭，扬帆起航。

在中国诗歌发展史上，涌现出无数的诗人和诗歌流派，除了众所周知的“屈宋”“三曹”“建安七子”“竹林七贤”“初唐四杰”“李杜”“三苏”……还有“三张二陆两潘一左”“颜谢”“竟陵八友”、大历十才子、江西诗派、新乐府、花间派、西昆体、江湖诗派、公安派、几社、桐城派……晚唐五代时期，以温庭筠、韦庄为代表的花间派的取材范围偏窄，内容上可取的不是太多，但对词的艺术发展却起到较大的作用。

笔者比较欣赏宋代“江西诗派”，暂时不去评论“江西诗派”最著名的主张“夺胎换骨”“点铁成金”的功过得失，笔者十分欣赏“江西诗派”对平仄、对仗的认真的劲儿和字斟句酌、炼字炼句的不怕吃苦的精神。当然，“江西诗派”在后期发展中也出现了一些偏差，这是后话。笔者一直以为宋代的“江西诗派”的韧劲儿和清代袁枚主张抒写胸臆、辞贵自然的“性灵说”，是当下旧体诗发展中不可或缺的两种营养。

古人说：“一日不见兮，思之如狂。”笔者在这里斗胆改一下：“一日不写兮，思之如狂。”这可以用来形容旧体诗创作者对创作的痴狂。聚沙成塔、集腋成裘，诗词，需要从小耳濡目染、浸淫其中，除了少数卓越诗人有横溢的才气，绝大多数诗人都是经过锲而不舍的刻苦努力，当然还需要良好的外部环境和同道之间切磋的氛围。中国古代长于吟诗填词的文人墨客灿若群星、不胜枚举。笔者认为除了“诗仙”李白，绝大多数都是普通人，虽然智商有高低、学问有大小，但成功都离不开“勤奋”二字。

中国古代诗歌，蔚为壮观，萝卜青菜，各有所爱。笔者常常佩服、偏爱那些不畏艰辛吟诗填词的前贤。“两句三年得，一吟双泪流”“吟安一个字，捻断数茎须”是笔者一生的座右铭，几十年来，笔者对苦吟诗人一直是服膺的。身居陋室，屋虽简陋，却是自己的家；人在红尘，志虽渺小，却是自己的追求。

“我是人间惆怅客。”不妄求，则心安；不妄做，则身安。笔者从少年开始，酷爱古诗词和楹联，十分欣赏古代优秀诗词中的托物言志、含蓄蕴藉的名句，但苦于缺乏良师的指导，仅靠自己在黑夜里摸索是很痛苦的，也是很难有长进的。由于生计所迫，笔者工作后，研习古诗词只能时断时续，举步维艰。笔者天资愚钝，“先天失乳”、后天乏力，功底十分欠缺，从来不敢自诩。自觉格局不大，藏在抽屉里的几千小习作，羞于示人，其中有弘扬主旋律的，有缅怀先人的，有赞美友情的，有鞭笞丑恶的，更多的是模山范水，表现“人间有味是清欢”，表现“桃李春风一杯酒，江湖夜雨十年灯”之类的。侥幸的是，笔者这几年，先后几十次获官方主办的全球、全国、全省诗词、楹联赛事的奖项，其中还曾获中国科学报社、人民文学杂志社等主办的第二届“科学精神与中国精神”诗歌大赛二等奖。

当下，十分优秀的旧体诗创作者，都在甩开膀子、奋勇争先，我们岂能裹足不前？虽然我们无法改变容貌，但可以展现最灿烂的笑容。

毛泽东早就说过：“旧体诗词要发展，要改革，一万年也打不倒。”伟人其实是在告诉我们“旧体诗词一万年也打不倒”的前提是“要发展，要改革”，如果停滞不前、因循守旧，那就会不打自倒的。

时代在发展、社会在前进。旧体诗词必然要与时代同行。旧体诗创作者一方面应该虚心向古代著名诗人学习，但要剔除那些陈腐的理念和已经不适合当今的用词；另一方面应该虚心向当代生活学习，做有心人，练就一双慧眼，善于发现、细心捕捉生活中点滴有诗意的场景。天文、地理、哲学、历史、科技、军事、经济、时尚、民风、民俗、考古……要广泛涉猎各方面的知识。

语言是在不断发展和不断变化的，《诗经》使用的上古音、唐诗使用的中古音，与我们现代人说话的发音，必然是有一些不一样的。单就押韵而言，古人吟诗用《平水韵》，填词用《词林正韵》，作曲用《中原音韵》，撰写楹联用《马蹄韵》、“朱氏规则”……随着语音的变化，入声字已经从今天的普通话里消失了，少部分保留在南方的一些方言里。今人吟诗填词也用《中华新韵》和《中华通韵》，撰写楹联也用中国楹联学会颁布的《联律通则》。《平水韵》的刊行者宋末平水人刘渊依据唐代诗人用韵的情况，把汉字划分为 107 个韵部。《平水新刊韵略》将《平水韵》中的 107 韵并为 106 韵，成为后来真正流行的《平水韵》。了解中国古代诗歌史的人都知道：隋朝时期的《切韵》是 193 部，到唐代时，增为 195 韵，到《平水韵》逐渐合并为 106 个韵部。《中华新韵》是中华诗词学会于 2003 年提出制定、2005 年公布实施的。《中华新韵》根据《新华字典》的注音，将汉语拼音的 35 个韵母，划分为 14 个韵部。其中发音为一、二声的字为平声字，三、四声的为仄声字。不再区分入声字。2018 年 4 月 24 日“中华通韵”课题结项，形成的《中华通韵》（十六韵）是首次从国家层面制定的“行业标准”。

《平水韵》与《中华新韵》《中华通韵》，在当今并行不悖，没有高下之分，只是作者根据各自的爱好和习惯加以选择。当然，与押韵相比，内容自然更重要一些。毋庸讳言，笔者习惯用《平水韵》，情感上倾向于《平水韵》，内心里面觉得此韵古味浓，适合旧体诗。

“中国梦”也是惠及世界的梦。历史发展到今天，世界需要多样性的存在。特别是文化发展的多样性，可以让人们去欣赏一切以往人类创造的优秀文化遗产。实现“中国梦”，就是要使中国的优秀文化、多样性文化得到充分发展，同时促进世界各国文化的蓬勃发展。世界绝不会因为各国文化的丰富多彩而缺少共性和共识，绝不会因为各国广泛的共性和共识而失去各自丰富的色彩。尊重各国文化多样性和诗歌的多样性，超越文化隔阂、超越文化冲突、多种文化共存，展现文化的多元性。文化多样性和诗歌的多元性，不仅是中国的期待，也是世界各国的期待。

世界潮流浩浩荡荡，顺之者昌、逆之者亡。我们应该具有家国情怀，同时又要有世界视野，搭准时代跳动的脉搏，早日走出个人的小圈子。随着交通、通信的迅速发展，世界早已进入“地球村”。艺多不压身，须记取“别裁伪体亲风雅，转益多师是汝师。”各国、各民族都有自己的优秀文化传统和优秀诗歌、诗人，如德国的歌德、海涅，英国的拜伦、叶芝、雪莱、艾略特、济慈，俄罗斯的普希金，美国的惠特曼，印度的泰戈尔，智利当代著名诗人聂鲁达、西班牙现代著名诗人希梅内斯……

要论诗词格律学养，当代绝大多数旧体诗创作者已经远远不如唐宋名家，庆幸的是，我们可以借助网络，学到古人当时学不到的许多知识；可以借助考古新发现，学到古人当时尚不太清楚的许多知识。除了中国古诗词常见的修辞方法外，当然，还需要学习亚洲各国乃至欧洲、拉丁美洲、大洋洲、非洲各国优秀诗人的佳作和表现手法，像意识流、魔幻主义等。当然，现当代的中国著名旧体诗人和著名现代诗人，都有各自的特点和长处。

梁启超先生说：“凡一独立国家，其学问皆有独立之可能与必要。”我们必须虚心学习各国文学特别是各国诗歌的优点，这必然有助于我们文学素养的提高，也同样有助于旧体诗创作者文学素养的提高。就像朱自清先生所期望的：立足本国文学的创造，着眼人类知识的发展，不断反思既有学科体系、边界和内涵的精神。曹顺庆、李思屈认为“要立足于中国人当代的现实生存样态，潜沉于中国五千年生生不息的文化内蕴，复兴中华民族精神，在坚实的民族文化地基上，吸纳古今中外人类文明的成果，融汇中西，自铸伟辞。”

“红尘万丈三杯酒，千秋大业一壶茶。”新时代正在呼唤更多具有历史意识、现实意识、世界意识、未来意识的优秀的文学工作者，这自然包括千千万万的旧体诗创作者。

尺有所短，寸有所长，除了中国古代诗歌的起兴、联想、烘托、抑扬、照应、象征，我们还可以适当地参考、借鉴当下朦胧诗的一些写法以及部分网络热词。当今旧体诗创作者，水平参差不齐，观点不一，各有所爱。“百花齐放，百家争鸣”，只要是合法、合理、合情、合度的，鲜花总会找到让其盛开的沃土。

笔者属于旧体诗里的保守人士，一直以为李白是天才，可仰望而不容易学，一直以为旧体诗就应该像杜甫所写的那样格律严整、“血统纯正”，成为习练者的范本，因而对网络热词是敬而远之。但也许若干年后，网络热词也会慢慢融入当代人创作的旧体诗中，当然，关键是“有机融入”。

孔子登东山而小鲁，登泰山而小天下。笔者争取用各国、各民族优秀诗歌中丰富的养料，来滋润自己的心田。选材、立意、结构、技法、思维方式、修辞手法……这些理所当然应当纳入旧体诗创作者的学习范围之内，博古通今、学贯中西是每一个旧体诗创作者学养根基的理想状态。无论天赋、智商，还是学养、阅历、文化、知识水平……每个人都有长处和短板，可以有门户，但不要有门户之见。摒弃门户之见，共享创作经验，虚心向每一个人学习，不争不辩、无畏无惧，这样才能具备广阔的心胸。

吟诗填词，还须贴近生活、深入生活、细致而敏锐地观察生活、思考人生，了解得越细致，思考得越深入，也就越能写出能引起读者共鸣的佳作来。做好“加减法”，精准发力。

水滴石穿、绳锯木断。向书学习、致敬，向古代著名诗人学习、致敬，向古代优秀诗词学习、致敬。经过长年累月的习练，循序渐进，假以时日，方能比较准确地理解中国优秀的传统文化，包括中国优秀的古诗词。闲暇时分，多读一首，多背一首，多写一首，自然有助于增强一份文化自信心，自然有助于留下一脉翰墨书香。

供给侧改革、大数据、云计算，“广深港高铁”“港珠澳大桥”“锦鲤”“逆风翻盘”“甜到忧伤”“恨到发烫”，玻璃心、斜杠青年、塑料姐妹花……一翻开报刊，打开网媒，这些新词立马跃入眼帘。我们应关注现实，立足于脚下，同时仰望星空。打开云端上的梦想空间，在滚滚红尘里，抛却蜗角虚名、蝇头微利，让灵魂永存一丝丝的香气，才能真正不负此生。

人活着，不可能事事做到完美。读书累了，写诗累了，不妨走出自己的小天地，不妨走向田园，走向大自然，辽远的旷野、茂密的山林、灿烂的阳光、潺潺的流水……你每走一段路，都会有一种新的领悟。只要细心观察，不抱怨，就能饱览沿途的美景。眼宽容景、心宽容事。既要低头看路，更要仰望星空。路途中的种种美好会慢慢内化于灵魂，渐渐呈现出诗意的森林。这样，往往就能洗去我们的征尘，洗涤我们的心灵，学会放下，学会释怀，让心归于安详，修得一颗淡然的心，温暖自己，也温暖他人。孔老先生说："知之者不如好之者，好之者不如乐之者。"诚哉斯言，中国当代许多旧体诗创作者已经从诗词创作中领悟到了赏心乐事。

子规夜半犹啼血　不信东风唤不回

形上这本诗集是在两个特殊情况下完成的。一是时间短，他 2017 年 6 月开始学习诗词写作，到现在只有一年半的时间；二是他在身患重病的过程中仍孜孜不倦地追求着自己的梦想。今天终于完成了他的理想与追求。

形上退休十年来一直从事媒介信息素养研究，出版了十来部书籍，在核心期刊发表了几十篇论文，主持了一个国家级课题和三个省部级课题，组织了六届全国性的中国（西湖）媒介素养研究高峰论坛，使浙江传媒学院成为全国媒介信息素养研究的中心，为全国所关注。形上本人也连续三届应邀出席联合国教科文组织全球媒介信息素养与跨文化对话论坛，并代表中国发表演讲。形上前半生拿得起，笔者期望形上后半生能放得下。

俗话说：后发优势，蹲下身子好"蛙跳"。形上古稀之年开始勤耕于诗词领域，在短短的时间里创作了 200 多首诗词，其速度之快，数量之多，也算是奔逸绝尘了。

形上的诗词作品平实无华，既无华丽的辞藻，也无浪漫的情怀，反映的都是现实生活，都是现实生活中的重要问题，具有一定的现实意义和深刻的哲理，这在当代诗人中是比较少见的，也比较珍贵。

形上的诗作分别从各方面描述了他的生活与工作。有的反映了他与朋友之间的真诚关系，"游龙便有风云在，参透书禅艺厚纯"；有的反映了他在优游于山水之间的情感经历，"惊醒一梦航光闪，摘取凡尘作画瓶"；有的反映了他对社会、对国家的关注与理解，"惬居平五路，举杯欢意。今日神州威武事，远超岳帅收功志。叹雄才、又《史记》宏图，赢云谊""浪破风高云赳，雄发英姿勋酒。阅声望气场，机舰万方坚守。怒吼，怒吼，卫峡捍台无苟"；有的反映了他七十年从寒窗苦读到学有所成的追求过程和生活体悟，"欲宜还帐芳华梦，立志神游砺美词""苍劲受恩牢礼记，碧漪被鬼早消泯。宽人于厚终归报，勤勉予筹更嬗缤""为人自主天宽地，谋划乾坤悟觉衢。言要慢谈思慎密，事需善手出功夫"；还有的反映了他身患重病后对生命的积极态度，"吾身若换群生健，驾鹤西游赏柳荷"。

形上的诗集有一个特点是诗词的系列化，通过系列化创作，加强了对创作对象内涵的深刻挖掘和对作品内涵的全面理解。如：冬暖如春系列、月全食奇观系列、媒介素养研究系列、中国艺术系列、酒文化系列、品王警贤诗系列等。

国学大师黄侃曾说："中国学问如仰山铸铜，煮海为盐，终无止境。"包括旧体诗在内，中国学问，都应如是观。人与人之间，需要相互扶持，当一时没人扶持的时候，自己应该站直。形上是一名诗词新手，旧体诗的写作要领还需进一步掌握，当然还有许多需要提高的地方，特别是对仗，空时多多阅读古代著名七律的颔联、颈联这两联和著名楹联作品，或许会大有裨益。真诚期待形上在以后的创作中觅得更多的灵感，磨砺出更好的语言，爆发出更强的创造力。假以时日，成为我国诗词领域里出类拔萃的诗人，为诗词界做出更大的贡献。

旧体诗词和楹联能展现博大精深的中华文化智慧，也能捕捉到转瞬即逝的灵感火花。

"秋风扫尽闲花草，黄花不逐秋光老。"眼下正值仲秋，又是菊香蟹肥时。笔者才疏学浅，本没有水平也没有资格写序，《形上诗词二百首》即将付梓，形上再三诚邀，笔者恭敬不如从命，"不忘初心，方得始终；初心易得，始终难守。""苟利国家生死以，岂因祸福避趋之。"过来人常说：旧体诗，初学时的难，不算真的难，往往是越学越难、越钻越困惑，内心彷徨，漫漫长夜，何时才能看见喷薄而出的一轮红日？诸如此类的困惑萦绕心头，挥之不去。无数前辈的经历也启迪我们：越是艰难、越是困惑，越是要鼓足勇气、踏实笃行，一步一个脚印，充分利用自己丰富的人生阅历和学科特长，写出自己的水平和特色来。当你坚持不懈、负重前行时，路旁一朵朵的鲜花会为你盛开，枝头的一只只百灵鸟会为你歌唱，当然，之前嘲笑、讽刺过你的人，也会赞扬你，有识之士更会由衷地夸奖你翻越了一座又一座的高山。

不论年纪大小，一个人如果能够从每一个看似不起眼的细节，认真打磨，方能"苟日新，日日新，又日新"。

当今，是旧体诗奋斗者的好时代，更是属于中国传统文化者耕耘者、创造者的华丽舞台。优秀的文学作品愉悦了时光，启迪了心灵。在人们心中，优秀的文学作品，特别是好的诗词作品就应该具有愉人与启人的作用，只是需要用高超技巧表现出来，以彰显中华民族乃至人类的聪明和智慧。

张爱玲说："因为懂得，所以慈悲。"认真读完形上这本油墨飘香的诗集，掩卷沉思，相信读者一定能从中领悟到形上的襟怀、气度、抱负和思想高度，也一定相信形上将在诗词语言、结构、运字炼句等方面更千锤百炼、深入浅出，当然，更相信读者会真心期望形上的第二本诗集能早日问世。

当所有人都以攸关之心、切身之爱来关心、呵护中国优秀传统文化的复兴，也许就能找到重振旧体诗的妙方。

网上有言："自古人生最忌满，半贫半富半自安，半聋半哑半糊涂。"心胸坦荡、行善积德，仁者寿。不懈奋斗，是千千万万有志者的人生道路的共同底色。衷心祝愿形上：银龄依然走在春风里！

由于笔者水平很有限，难免挂一漏万，仅作抛砖引玉，文中参考了许多资料，未能一一标明，敬请读者、作者见谅。匆匆草此，聊以贺之，权作代序。

杨利民

2018 年 11 月于湖上

前言

提笔来写自己这本青涩诗集的前言，我却感到为难了，迟迟动不了笔。以前我曾给自己的 10 多本专业书籍写过前言，似乎驾轻就熟；以前也应邀给一些专业性的专著写过序，也没感觉有很大难度。现在想起来，那不过是因为我对所学专业比较熟悉的缘故。

可对于诗词，我是初学者。我大约是在 2017 年 6 月踏入学诗门槛的，也不知道怎么就进入了新华网《学诗计划》栏目。从此如醉如痴地开始了我的学诗生涯并尝试创作，而且不知天高地厚地在我所在的四班发表，不久竟然还成了该班班长。我真的要非常感谢新华网的《学诗计划》栏目，没有它就没有我今天对诗词的理解和热爱，没有它就没有我的这本习作诗集。

感谢新华网《学诗计划》栏目是必须的，但真正让我感动又真正让我学到诗词知识的是我的首位诗词老师杨利民。杨老师是中国知名诗人，在诗词联方面造诣颇深。他曾参与编写浙江人民出版社 1990 年出版的《唐宋诗词评析词典》等共计 30 多本书籍。其作品语言精彩美妙，徜徉恣肆，挥洒自如，气势豪放。且辞无所假，自成一家，结构严谨，有自己独特的创作风格。2017 年 3 月 27 日杨老师赠诗一首于我，从中亦可窥见其诗词造诣之深。全诗如下：

七律·仲春呈王天德教授

杨利民

春风王府阔襟胸，
雁掠蓝天闻晚钟。
刺绣运针飞彩月，

道情独唱舞蟠龙。
双林古刹千寻塔，
八婺名山一试锋。
仙鹤远来衔厚德，
携妻步韵自从容。

在我学诗的过程中，杨老师从基础常识开始相继对我进行启蒙式、普及式教学。常常是我给他发微信，他给我打电话，讲述在诗词创作中的点点滴滴和必须掌握的细节，对我进行点化和启发。这本习作诗集就是在他的指导下完成的。

后来我又参加了浙江省老年大学诗词班，成了浙西词派传人吴亚卿的学生，并成为浙西词社社员和浙江省新时代诗社社员。

这本《形上诗词二百首》分八个部分共 232 首。目录也是八句话，形成了一首七律诗。内容如下：

七律·目录

人生贵有杜陵翁①，
鬓已星星望旅鸿②。
陌上吟诗寻细柳，
庭中品酒对蒙童。
方知弄笛精神爽，
更觉挥毫③气色融。
一路凌云行万里，
登高咏赋自凭风。

2018 年 12 月 11 日于京华

注：

①杜陵翁：指唐代著名诗人杜甫。宋代诗人陈师道《和魏衍三日二首（其二）》：“君不见天宝杜陵翁，屈宋才堪作近邻。”

②旅鸿：即旅雁。唐代鲍溶《夜寒吟》：“霜飙乘阴扫地起，旅鸿迷雪绕枕声。”这里指像旅鸿一样到处工作和旅游。

③挥毫：作者病中为医师写诗，感激其救治。

这八句诗就是八个部分，分别是：

第一诗篇：我和我的朋友

第二诗篇：景和景的风韵

第三诗篇：情和情的互勉

第四诗篇：爱和爱的律动

第五诗篇：媒和媒的意境

第六诗篇：健和健的表达

第七诗篇：忆和忆的物语

第八诗篇：今和今的对话

不幸的是我在 2018 年 4 月检查出患上了淋巴瘤。许多朋友都劝我静养，说写诗费神费力。但我停不下来，停下来就感到生命空虚。因此我要用学习、创作诗词作为对疾病的辅助性治疗。

我认为，人的生命不是自己可以掌控的，冥冥之中自有安排。而我们自己却是可以与时间赛跑，是可以通过努力做成一些事情的。我在 70 岁后选择了诗词，就是选择了我最后的喜爱。虽然我没有根基，也缺乏状态，但人总是在学习中成长成才的，谁也不是天生就有较高的能力和水平。我觉得任何年龄段都可以拥有自己的精彩。这种精彩让心开阔了，让自己能微笑着面对生活了，人生的路才会越走越宽阔！所以我下决心与时间赛跑，与生命决胜。我要在随风飘扬之前出版一本或更多属于自己的诗词集，这是我生命的延续。

我的学诗生涯非常短暂，也就一年半时间。诗集中的炼典锻句也不很像样。恳切希望诗词大家和诗词爱好者予以理解、支持和指导。

在这本集子的编辑过程中，我除了得到杨利民老师真心实意的帮助外，还得到了家人的理解和支持，以及王警贤、水滴、无念、关瑞华等众多诗友的帮助。此外，也非常感谢中国财富出版社编辑和贝壳出版公司老师们的辛勤劳动。在此一并致谢！

形　上

2018 年 12 月于北京

目录 CONTENTS

第一诗篇：

人生贵有杜陵翁

七律·酬赠书法家尘悟山人

斗室诚邀右客[①]频，
墨分五色赛珠珍[②]。
临池逸致诗心雅，
对柳遐思味道醇。
把酒千杯成境界，
挥毫三尺见精神。
游龙便有风云在，
参透书禅六艺[③]纯。

2017 年仲冬

注：

①右客：尊贵的客人。

②珠珍：珠宝。

③六艺：指礼、乐、射、御、书、数这六种技能。

卜算子·赠赵一阳

（步毛泽东词《咏梅》韵）

春意袭樱姬[①]，雅韵依然到。虽是疏枝几许枚，却呼花魁俏。

丝蔓引嘤莺，搅动真香报。借得波光映众芳，惹得一阳[②]笑。

2018 年 3 月

注：

①樱姬：从字面上来说，“樱”指的是樱花，喻指美好；“姬”指公主。“樱姬”指的是像樱花般美丽善良的公主。这里指像公主一样漂亮的樱花。

②一阳：赵一阳，义乌市委宣传部副部长。

七律·书赠老校长彭少健[1]

生机勃发向天酬，
数次推心要事谋。
皓首豪情创伟绩，
少年健步赛骅骝。
参差花影闲愁去，
和煦春风妙意求。
一路阳光吟壮志，
秋侵双鬓觅兰舟。

2018 年暮春

注：

①彭少健：浙江传媒学院原党委书记、校长。

七律·谢荣斌关怀

（藏头诗）

感悟人生忘玉佩，
谢君开朗笑秋风。
荣华过眼观春色，
斌蔚[①]穿云问彩虹。
亲觉乾坤山雨霁，
自知日月地天融。
探抽[②]《史记》闲谈乐，
望雅萦怀话六雄[③]。

2018年暑月

注：

①斌蔚：文采美盛貌。“斌”不在韵表中。

②探抽：探索抽绎。《后汉书·方术传序》：“至乃《河》《洛》之文，龟龙之图，箕子之术，师旷之书，纬候之部，钤决之符，皆所以探抽冥赜，参验人区，时有可闻者焉。”

③六雄：指战国时韩、赵、魏、燕、齐、楚六国。

七律·谢海群[①]真情探视

京城柳色映花枝，
来访春江议疾奇。
海气胸心温暖赠，
群山气魄货赀施。
重情重义重知友，
论道论诚论遇痴。
滴水报恩无晚早，
终将一日予兰芝。

2018 年 8 月 5 日

注：

①海群：臧海群，教授，中华女子学院文化传播学院院长。

七律·感谢张开老师亲临关怀

张师①厚谊此中融，
喜笑颜开无酒盅。
探望秋风催北向，
沉思菊月②寄西冲③。
人生宝贵清心在，
世上春光惬意同。
微信商谈欢乐事，
梅花明日胜今红。

2018 年 8 月 5 日

注：

①张师：指张开，中国传媒大学教授、博士生导师。

②菊月：农历九月是菊花开放的时期，古人称之为“菊月”。

③西冲：深圳西冲海滩是全国最美八大海滩之一。

七律·谢耿益群老师关心

（藏头诗）

益诚来护赛求仙，
群旺飞翔九线天。
安谧过前嘘声轻，
慰宽今后盼瘳痊。
挚真情谊深同海，
佑达苍穹正道禅。
关爱倍至溍满目，
怀萦仁厚忆无边。

2018 年 7 月

七律·感怀故事

2018年12月12日，多年不见的老麻来无菌病房看望，聊起青葱、芳华和夕阳，感慨万千。以诗记之，谢之。

倏然不见几多年，
微信偶加见雾烟。
琼海冬温一杯酒，
江湖蓬地两方迁。
芳华紫陌虽离去，
夕照离歌斜月牵。
今尔病区相对视，
感怀故事地和天。

七律·赠诗友

吟诗唱曲赴华堂[①]，
物换星移岁月长。
跨越三江寻热闹，
纵横九地待安详。
庭前绿柳豪情在，
岭上清风斗志昂。
共策行空天马去，
香斟杏酒话农桑。

2018 年孟夏

注：

①华堂：正房，高大的房子。

七律·与诸友人茶庄品茶

拂面清风翠鸟鸣，
茶庄悟道羡鸥盟。
三千往事云舒卷，
一片真情笔纵横。
细看香浓龙井泡，
闲思色艳碧螺烹。
抚琴长啸分新绿，
洗却青山是杜衡①。

2017年仲夏

注：

①杜衡：一种香草，可入药。

七律·中秋与诗友谈诗论道

月桂含香欲洗尘[①]，
堤边俯首水粼粼。
诗书一册求多趣，
黄酒几杯拒八珍[②]。
六和沉吟名利淡，
平湖啸傲性情真。
岳坟研读空悲切，
格律推敲忘返身。

2017年中秋

注：

①洗尘：宴请刚从远道来的人。

②八珍：泛指精美的肴馔。

千秋岁·年归

新春临近，进城务工人员掀起返乡大潮。

千匆离索。车堵城空寞。奔乡僻，花寥廓。飘零平雀去，离别朱鹮落。迎风候，三岔口上情如昨。

困顿生机缚。无奈潸楼阁。叮咛语，轻承诺。而今相对凝，秦晋还吾阁。肤尔手，杯香醉尽来相约。

2017 年春节前

千秋岁·楼台惊梦

精准扶贫政策出台后，打工人员兴奋异常。作《千秋岁》记之。

数番飘雪。皮糙粗衣裂。摩车动，归家铁。薪微存尽几，呜哽相亲切。低眉问，何时东阙情相悦？

梦绕三年节。肥绣轻车热。香酒洒，茶香杰。柳塘风浪涌，花径芳菲阅。精准策，楼台惊梦欢声窃。

2018 年清明节

七律·《阿收说》

阿收出版新书《阿收说》，赠余。作诗贺之谢之。

阿收说术沐春风，
智度奇思气赫崇。
腹饿穷愁啼姐背，
衾寒梦幻裹湍洪。
误螯虫咬天然子，
真暖怀搂赛果红。
雪雨几经登玉构，
叱咤新语映霓虹。

2018 年 5 月

七律·赠周校长

（高中同学会之一）

沧桑阅尽又清晨，
鸾舞窗前日日新。
古道红男思手杖，
凉亭绿女借罗巾。
梅边把酒几寻梦，
竹畔挥毫共贺春。
今日相逢先约定，
举杯预祝百龄人。

2018 年 4 月

荷叶杯·相约50周年

（高中同学会之二）

柳浪鸟吱枝茂。心秀。微雨晒稠州。古稀同学踏纷留，握手言欢鬓虽秋。

曾锁晓莺残蔻，交透。喜悦在心头。旧情如影晚霞勾，天地自然游。

2018年4月

七律·看淡人生把寿长

（高中同学会之三）

二月义乌桃莩香，
春秋五十岂相忘。
原先亭榭丢成古，
敢后门庭做鴥扬[1]。
如意飘蓬开异瑞，
却回逝水享嘉祥。
谁知头白悠然梦，
看淡人生把寿长。

2018 年 4 月

注：

①鴥扬（yù yáng）：指飞扬。鴥，形容鸟飞得快。

长相思·相逢掏肺肝

（高中同学会之四）

春梦难，夏梦残。深夕思幽风打栏，望穿白玉盘。

骨清端，肌清翰。今日相知泪太酸，相逢掏肺肝。

2018 年 4 月

长相思·人生参悟宽

（高中同学会之五）

你言欢，我言安。来日花红香似兰，心情不再寒。

东离殚，西离鞍。凝望山峦手握竿，人生参悟宽。

2018 年 4 月

长寿乐·贺杨利民[①]老师五十八岁生日

丰盈深史。玉节[②]临、赋界欣闻同喜。银杏经年，青松常岁，挺峨山巅九峙。起银涛、六和钟声，紫荆呈珥。

精报道，桌上书浓稿垒。湛诗曲，众数吟而艳蕊。登泰指。顶望上、且对秋风春紫。九入州迎重来，柏椿茶寿，词联红晚籽。

2018 年晚秋

注：

①杨利民：中国知名诗人。

②玉节：这里指生日。

七律·重阳游西湖

曲岸花荷绕柳堤，
断桥映水草凄凄。
律声龙蹈苏皮[1]吟，
太极虚功杜甫齐。
九只画眉歌桂树，
几多红鲤竞竹篱。
观尝逶逦雷峰塔，
霞晚离宾以至西。

2017年重阳节于西湖

注：

①苏皮：指苏东坡和皮日休两位诗人。

七律·机缘

海马连云天际空，

英姿西子勃发中。

网聊娓娓滋心田，

言辞悠悠胜编钟。

摇摆莲步木槿绿，

机参道悟荷花红。

结伴不知夜半惹，

缘起物语舞东风。

2017 年季夏

七律·挽品章

老同学徐品章前几日因病而走，悲痛。作诗挽之。

虽辞犹感志难酬，
疾病缠身正气留。
白发飘飘邀笔墨，
红尘滚滚敬春秋。
逢人为善多呵护，
待友持诚少强求。
送罢阳关西乐去，
音容仍在奈何舟。

2018 年 7 月

第二诗篇：

鬓已星星望旅鸿

七律·摇曳金华

韵调悠扬醉金虹[①]，
莉香[②]佛手[③]万情钟。
双龙小小[④]红妆面，
八咏娘娘[⑤]荡漾胸。
侍府[⑥]月星尝柳去，
尖峰[⑦]阡陌扑蜻蚣。
易安[⑧]独倚诗吟阁，
摇曳水通南国淞。

2017年6月

注：

①金虹：金华金虹桥。

②莉香：茉莉花是金华特产，清香悠远。

③佛手：金华特产。因形如佛的手而得名。

④小小：苏小小，传说南朝齐时期金华人氏。

⑤娘娘：原名银娘，金华人氏，明宪宗时期被选入宫，后封娘娘。

⑥侍府：侍王府，金华景点。

⑦尖峰：尖峰山，为金华名山。

⑧易安：南宋杰出女词人李清照，号易安居士。

夏日热杭城

夏荷杭城煮蒸熟，蒸熟市民煮西湖。
西湖只得去西溪，西溪亦是拭泪哭。
泪哭钱塘惊东宫，东宫问计到运河。
运河苦笑怨温高，温高却怪城市堵。
市堵喊冤是人多，人多哪比京津沪。
津沪本是老码头，码头历来清凉处。
凉处盛夏今不在，不在江南去凉都。
凉都夏天爽歪歪，歪歪正正十九度。
九度加十迎马拉，马拉节后点把火。
把火燃起彝族情，族情原本头相触。
相触海坪野玉海，玉海摇身变西湖。
西湖原本晴方好，方好如今哭夏荷。

2017 年 8 月于杭州

七律·再扶烟窦望丹楼

东南形胜数杭州，
横店偏要起涌流。
满野四园薇旖旎，
圆明三万色居眸。
春花秋月九池荡，
冬雪夏荷几处求？
待到清风环翠碧，
再扶烟窦望丹楼。

2018 年 3 月于东阳横店

古风·帝苑吟

横空出世圆明园，历经五帝百余年。
景中有景步步景，轩里有轩处处轩。
阿房铜雀勘[①]称小，凡赛金汉莫须言。
亭台楼阁桥山榭，流水绿荫花枝繁。
忽然一日强盗来，烧杀抢掠剩鬼冤。
世间美景从此无，悲人凭吊灯残垣。
改革风雷吞山河，横店创造新纪元。
徐子[②]观远魄力大，慎思机巧建新园。
三年过后新奇神，惊世四苑兀[③]眼前。
不说三苑道春苑，占地三千世为先。
小桥流水水在眠，春花秋月月满弦。
四十五景自融通，气贯长虹画相连。
正大光明山崩裂，大宫门前示皇权。
鸿慈水祐肃穆立，九州清晏锦带传。

莲岛瑶池仙境灿，方壶胜景玉琼叹。
月地云居菩提树，淡泊宁静桑榆伴。
武陵春色桃花艳，竹下坐石临溪涣。
缕月开云冠牡丹，捧星望瀑飞流瀚。
粼粼波光惊福海，阵阵荷香被唱弹。
双峰插云梧桐倚，西巅秀色七彩婉。
平湖秋月暖风吹，柳浪闻莺丝条垂。
樱花岭上白似雪，盆景房内绿何为？
茹古涵今栀子盛，水木明瑟紫荆追。
坦荡如砥茶花俏，涵虚朗鉴丁香随。
世间景致终荟萃，迎君诗情来敲推。
半日随车逛不完，走马观花匆忙窥。
回来终将细片段，留却光阴再忆谁？

2018 年 3 月于东阳横店

注：

①勘：校对，复看核定。

②子：古代特指有学问的男人，是对男人的美称。

③兀：高耸突出的样子。

七律·义乌佛堂江[①]

佛堂从古出商贾，
盐阜头旁雨卷浪。
浩浩骉河源横库，
沄沄急遽去钱塘。
九船铺就浮桥架，
一袭摇消险画廊。
江景虚惊青绿过，
碧霄风簸峭帆忙。

2017年农历十月初十

注：

①佛堂江：流经佛堂镇最大的河流。明清时期，江上船只往来频繁，促进了佛堂镇的商业发展。

七律·礼佛潭柘寺[①]

进香礼佛赴燕京，
西晋仙音盛世宏。
水绕龙泉村落发，
云缠圣寺帝王惊。
幽山打坐修成果，
净土沉吟造化情。
福海珠轮[②]烟袅袅，
空门顿悟勿相倾[③]。

2018 年 4 月

注：

①潭柘寺：始建于西晋，是佛教传入北京地区后修建最早的一座寺庙。

②福海珠轮：潭柘寺大雄宝殿匾额“福海珠轮”。

③相倾：相互竞争，彼此排挤。

蝶恋花·朝拜戒台

九曲八弯心佛路。一调清谈，却见槐花树。朝拜戒台高步步。阿弥默念声声悟。

首去戒坛京辇度，留却希求，杭泉相机赴。香祭钟鸣诚素芋，尽勾潭柘心头愫。

2018 年 4 月

七律·雪地卧佛

一袭白莹封圣地，
吾生诗境唱云涯。
念无放后联欢兴，
天使收藏紫凤咤。
冬起菩提春意礼，
夏来明镜亮秋雅。
且和卧佛鸾山去，
几辈朝祥闪彩霞。

2018 年 2 月

渔家傲·婆那加占婆[1]塔景区

倚靠青山濛海雾，八棱宝塔菩提树。女神天依[2]占奶祚。灵性顾，凡尘脱难求超度。

盼要仙人赒福富，千挪万挤阿弥句。利益追求何处路？真善付，心诚自把金身渡。

2018 年 2 月于芽庄

注：

①占婆：古国名，在今越南中南部。

②女神天依：庇佑占婆王国南部的一位女神。相当于中国渔民心目中的妈祖。

荷叶杯·冬观花海

（冬暖如春之一）

野圃雀嘤枝柳，心走，闳妙吹轻舟。陌椰雏鸟踏风悠，鸣叫见酾流。

曾锁梦牵望酒，相叩，兴奋在心头。逝光如影晚霞羞，悠荡海花游。

2018年1月于琼海

荷叶杯·冬采野菜

（冬暖如春之二）

荡漾绿篱颠柳，寻走，娥黛荡轻舟。水花生背有飞油，蒌叶味汤流。

飞眼闪回轻受，柔手，羞味等前头。待寻三束返桥酬，曚影已离游。

2018 年 1 月于琼海

荷叶杯·冬叟秧插

（冬暖如春之三）

纠纠散云残柳，何吼，丝淅落昏舟。倚楼望断月胧洲，东水势横流。

拂雨叟耕牛绕，哞叫，今乘日凉头。蓑翁躬退缓歌哟，秧在水中游。

2018 年 1 月于琼海

七律·文昌游

1月13日满满一车“候鸟”，大清早去文昌航天城①游览，至傍晚方归，甚是开心。

梦断晨辚暗淡凉，
御天照相逛文昌。
椰槟林浪逍遥笑，
铜鼓湾涛怒吼狂。
金缕银鎏珪瑁岛，
星罗棋布海淞塘。
清澜望月航空去，
赤道殷霓再华芳。

注：

①文昌航天城：坐落于海南省文昌市，这是中国离赤道最近的一个卫星发射中心。

七律·御景联欢

椰林御景绿田殊，
春笋高楼潋滟湖。
笙舞箫音西域冠，
吉他弹响古琴符。
国标娑蹈巴乌奏，
芭蕾轻盈映荷芙。
更有小城多故事，
美颜蹁袅赛珠玑。

古风·西湖念雪

雪落西湖千里白，
如雪初见万松柏。
风平雪泠之江去，
断桥残雪骚墨客。
风若止残雪何依，
西窗冬风凝雪壁。
江浪溪水草语雪，
舫画亭诗桥过雪。
鸟绝云空惊雪浪，
鱼沉浅底雪水蓦。
万千白雪一点红，
百银雪妆二孩迹。
待雪不再保俶塔，
雪花成桃柳成碧。

七律·摘取凡尘作画瓶

（奇异天象之一）

2018 年 4 月 27 日晚 8 点左右，华北等地现奇异天象。

亮点犹如九阙[①]星，
晶莹白玉旋环荧。
晖光炫炫是银锭，
尾焰煌煌似斗形[②]。
多测神州来外客，
又疑风物出云灵。[③]
惊醒一梦航光[④]闪，
摘取凡尘作画瓶。

2018 年 5 月 2 日

注：

①九阙：指天宫。南朝·齐·谢朓《郊祀曲》：“整跸游九阙，清箫开八埏。”

②斗形：指北斗星形状。

③第六句中第三字“风”、第六字“云”，两字构成“风云”。有人怀疑是风云三号D星发射。

④航光：中科院援引气象知识科普达人的观点，给出的解释是：奇异天象是夜光云版本的航迹云。

古风·月食观

（奇异天象之二）

银盘海底出，照我御景湾。
圆时五彩色，弯则暗淡光。
黄像铜锣器，红似碧血染。
有物来龇龉，犹如蚕食桑。
吴刚不见影，桂花树渐远。
嫦娥何处去，为谁舞霓裳？
雪山风拉摧，平地埋白寒。
千道射户外，日月乃化煌。
青山破黛色，花枯女乃艳。
此景天上有，却惊我人间。

2018 年 1 月 31 日

十六字令·光

（奇异天象之三）

光，
五彩缤纷射野塘。
鱼飞起，
龙殿映华章。

十六字令·芳

（奇异天象之四）

芳，

扑鼻芬香自俊郎。

银盘月，

织女似仙鸯。

十六字令·茫

（奇异天象之五）

茫，
红似蓝光碧血扬。
谁知又，
搅动数多郎。

十六字令·长

（奇异天象之六）

长，

天狗逃离话悚惶。

星灵幻，

又见射东床。

十六字令·堂

（奇异天象之七）

堂，
月被奇驰肆恣狂。
抬头却，
杂羼论天阳。

2018 年 1 月 31 日

水调歌头·《红梅映婵娟》

（奇异天象之八，步苏轼《明月几时有》韵）

2018 年 1 月 31 日晚，血月、蓝月、月全食奇观组团亮相于天穹，由此感之。

血金忽蓝月，玉白食宏天。银盘渐变，几百轮换出今年。举酒叩请丹阙，何路神仙超态，娥媚舞天寒。天体妙行运，惊艳在凡间。

梦畅想，彩妆亮，怎能眠？江山如画，青泰黛色日常圆。万众奔腾撸袖，精志实干兴国，天上应该全。千载尽清色，万亮映婵娟。

2018 年 2 月立春于北京

第三诗篇：

陌上吟诗寻细柳

词派吟·婉约与豪放

（步韵卿公创调词）

浙西词派传门人吴亚卿，号未立斋，浙江德清人。著名学者、诗人、书法家、文学家，吾老师也。近日吴公创立浙西词社，并独创新词牌《词派吟》，引起词界关注不停升温。余也习作一首，以应和。

国辞吴语胡居弄。曲驰柔美樽微颂。音律花间，字奇丽雅，牙月春风动。晏殊清照，柳永秦观，玉珠圆润种。

放豪恢廓，霁氛自统一家。仲淹先领，词峎音琶。东坡一路，荡漾翰华。两刘黄戴，弃疾意飞丰汉嘉。

各千秋，东西星灿。蕴精雅正，音律贵姿含怨。风云奔放，雄关意境，直抒胸池伴。柳郎红嫩，关西铁板，突变题风远。

刚吟山水雨，却闻边塞啸绵。千家步月，百秀缔缘。奇高骨傲，词采华贤。星光日灿，养玉培珠国粹篇。

附：卿公原调

词派吟

一从梁武江南弄。刘白诗馀聊讽颂。渔父逍遥，飞卿绮丽，绰约花间动。南唐二李，北宋三中，依稀天上种。

苏豪柳腻，易安别是一家。红巾翠袖，铁板铜琶。清真白石，各擅才华。史吴王蒋，咏物抒情咸足嘉。

迄康乾，词坛再灿。异彩纷呈，奚止侑欢诉怨。广陵神韵，浙西淳雅，阳美溪山伴。常州逸响，燕都慷慨，临桂流风远。

纵经摧折后，余音不绝仍绵。传人联席，六派缔缘。弘开气象，接轨前贤。千秋国粹，我辈同书锦绣篇。

贺新郎·艳如夏花静秋月

梅夏[1]初阳后。白槐花、鸽咕蝈叫，几多垂柳。疏绿花红勾人醉，留倩妆[2]休辜负。烂漫间、风回[3]素手。今日景奇京月靓，比江南、虽慢仍相守。展笑靥，步悠走。

灵魂空旷烟洲叩。璀瑳[4]浓烈、充盈了，世间恒久。春秋峥嵘过，叹阅心[5]休回首。赏秋桂，静然诗薮[6]。向迩[7]路长枫叶飒，镂肌[8]铭，情韵如茶厚。仍炽烈，共斟酒。

2018 年 5 月

注：

①梅夏：指初夏。因梅熟于夏初，故称。唐玄宗《端午三殿宴群臣探得神字》诗序："喜麦秋之有登，玩梅夏之无事。"宋代苏轼《元祐三年端午贴子词·皇太妃阁》诗之二："雨细方梅夏，风高已麦秋。"

②倩妆：美丽的打扮。唐代吴融《还俗尼》："柳眉梅额倩妆新，笑脱袈裟得旧身。"

③风回：旋风回头。

④璀瑳：光彩绚丽。

⑤阅心：各种情感交集于内心。

⑥诗薮：《诗薮》为古代中国诗歌理论著作。这里指研学诗词。

⑦向迩：靠近；接近。

⑧镂肌：比喻感受深刻。明代张居正《谢两宫赐路费疏》："慈恩下逮，行色增辉，宠锡非常，镂肌切感。"

七律·教师节有感

红霓绿野满桃李，
影视新闻网络紫。
你却唱罢才受官，
我方报告增薪喜。
苔岩群峭成正梁，
儒雅风光叱咤指。
时假更天催日升，
笑云后讯超前驶。

2018 年 8 月 30 日

七律·为第三十四个教师节赠解放军三〇二医院启梦幼儿园大三班老师

飘洒摇肢律动时，
儿歌童话趣飞驰。
师尊心已柳成树，
儒道梦犹花满奇。
瞻望千秋栋干鼎，
笑谈一日李桃枝。
最初幼稚宜栽蘖，
雅教启蒙西席[①]怡。

2018 年 9 月

注：

①西席：古时称老师为西席。

七律·夏雨洗危峰

不觉春晖已易容，
只哗夏雨洗危峰。
七山五岭刚苍过，
四海三江又遻逢[①]。
莫道斜曦[②]云影出，
偏岐溪涧雾凇[③]慵。
沧瀛横亘人间事，
且借香岑[④]礼晚钟。

2018 年 5 月 9 日

注：

①邂逢：相遇，逢遇。

②斜曦：傍晚的阳光。

③雾凇：寒冷天，雾冻结在树木的枝叶上或电线上而成的白色松散冰晶。通称树挂。

④香岑：对佛寺所在山丘的美称。唐代张说《襄州景空寺题融上人兰若》："高名出汉阴，禅阁跨香岑。"

七律·且师来年翻新篇

2018年4月16日，在西湖堤岸边，召开了浙江省媒介素养研究会秘书长会议，作诗记之。

西湖远望碧云天，
千叠青山万垄船。
拂柳微风桥映影，
晒阳花絮塔相连。
吴侬软语谈春意，
柔调润腔论法仙。
但寄诸君多努力，
且师来年翻新篇。

七律·只待心灵发新芽

黄莺声脆雾初霞，
湖远山苍隔扇纱。
樟下成双牵手过，
芷边结对舞姿斜。
吆呼揽客悠扬霓，
静悄柔摇水嫩茶。
阳笑不曾微齿白，
只待心灵发新芽。

2018 年 4 月 16 日

卜算子・御景客至

（步毛泽东词《咏梅》）

椰树影娑林，嘉客嘻然到。九碗三杯映汾酒，更有婴儿俏。

忽闻响铃声，千里飞云报。若问寒冬赛仲春，且海南嫣笑。

七律·常伴诗友勤推敲

（步红楼梦《问菊》韵）

早起忽昭吾所知，
拉车负笈采东篱。
警贤昨晚三杯早，
形上今天低吟迟。
天使新诗受命扬，
无念打油即时思。
约来词友勤推敲，
帘卷寒窗话入时。

2018 年早春

古风·芽庄天堂湾游记

望断海水碧连天，平坦无邪深如蓝。
海声吼吼自远滚，绿线哗哗变白浪。
波涛翻滚连一起，风高浪激到眼前。
后浪追着前浪涌，前浪顿时化青烟。
更有胆大试水去，终究不敢湿泳装。
远方有帆点点来，不意一瞬无去向。
快艇疾驰成白线，梭巡往返保安全。
几多美女玩自拍，更有帅哥闹沙滩。
稚孙欢呼掏水去，来来往往挖沙忙。
忽而拉吾去水中，弄湿衣裳学跳浪。
引来众多半小去，一起跃动奔腾线。
瀚海远处忽见山，藏在云雾缥缈间。
只闻里面有仙韵，凝丝缓歌舞蹁跹。
仙音仙乐留不住，声声宛转飞人间。

吾等半椅听仙曲，凉风习习周身爽。
忽听一声登车去，转场再去玩泥浆[①]。

2018年2月16日

注：

①玩泥浆：指去洗火山泥浆浴。

钗头凤·诗词

（中国艺术之一）

痴情后，花间酒，浪漫新月孤烟柳。尘寰走，流传久。笑阳郎客，探曦妆友。有，有，有！

吟难苟，真敲叩，起湾承合心思呕。风诗友，策丹牡。魂洒残笺，泪牵几首。久，久，久！

2018 年 2 月 20 日

钗头凤·歌赋

（中华艺术之二）

盈光翅，斑斓炽，笛筝笙籁箛箫示。长吭懿，缥芳字。婉风流转，泛音[①]奇异。思，思，思！

酣还赐，香茶伺，暴无迁向柔悠智。三情意，八音致。秦仪周智，绕梁舒肆。志，志，志！

2018 年 2 月 21 日于北京

注：

①泛音：七弦琴琴面上有十三个指示音节的标识，叫作“徽”。弹琴时，弹徽位上的弦所发出的声音，叫作“泛音”。

钗头凤·曲艺

（中华艺术之三）

评书跃，相声乐，唱歌清板春音烁。弹词获，定音灼。柳影桃约，暖风声鹤。谔，谔，谔！

先商索，秦周阁，汉唐隋宋功名掠。情诗酌，故书托。精辉几悟，似人怡鹊。乐，乐，乐！

2018 年 2 月 22 日

钗头凤·书画[①]

（中华艺术之四）

翰田虎，江南舞，法帖丹青神韵圃。满帆盈，雨宵鸣。暖风鹅绿，夏蘖成英。精，精，精！

心中雨，莺灵煦，湫喧飘荡和平普。笔飞行，进程轻。险峰寻紫，赤染神旌。诚，诚，诚！

2018 年 2 月 24 日

注：

①此词下平八庚，上声七雨，钗头凤平仄律变异。

钗头凤·琴棋

（中华艺术之五）

月明思，琴棋智，闹似波涛安寂示。雅弦宁，烂柯馨。欲阳心酒，炽旭听聆。宁，宁，宁！

人仁事，风云赐，婉湾悠扬情思置。运筹庭，决心町。弹悠东海，静出雷霆。聆，聆，聆！

七律・待时飞
品王景贤《钗头凤・游天子湖》

初春乍冷却添衣，
且等扶栏美梦妃。
不道吟诗诗百绕，
还私歌曲曲千菲。
山莺鸣唱空灵起，
锦鲤欢腾欲闯矶。
香茗阳光映窕影，
清风黛柳待时飞。

品王景贤《钗头凤·游天子湖》

（诗经版）

春之来兮，乍暖还寒。
湖边游兮，微风拂柳。
云桥登兮，小亭娟秀。
书痴思兮，淑女窈窕。
倦鸟归兮，梅红知否？
万紫香兮，娇艳随桃。
长廊红兮，清风折皱。
谈笑悠兮，风景相逗。
拥阳光兮，尽展窗否？
吾怀梦兮，青娥斟酒。

2018 年 2 月 26 日

品王景贤《钗头凤·游天子湖》

（九歌版）

春来兮还寒，
湖游兮风拂柳，
云桥兮亭娟秀。
汝痴兮女窕，
鸟归兮梅知否？
粉艳兮荷随桃。
廊红兮风皱，
阳光兮窗展否？
怀梦兮娥斟酒。

2018 年 2 月 27 日

品王景贤《钗头凤·游天子湖》

（离骚版）

寒春来之衣常兮，
游人如梭如绸。
岸曲桃红柳绿兮，
美女帅哥牵手。
云桥雨亭双鱼兮，
玉树护花豆蔻。
倦鸟归林梅谢兮，
荷红李白随桃。
廊曲柱挺闲情兮，
水绿波烟风皱。
漫步风情笑谈兮，
湖光山色争逗。
临风壮志梦想兮，
宽厚普世九霄。

梦想与期盼
品王景贤《钗头凤·游天子湖》

（现代诗版）

春天像往常那样来到了我们的身边，
吐露自己的芬芳。
在乍暖还寒的日子里，
游春时还是添加了衣裳。

望着湖边影影绰绰的身影，
望着微风中飘动的细嫩柳枝、和煦阳光，
我，
漫步登云桥，
伫立在秀美的小亭旁。

帅哥在静静地看着书，
享受着春风梳过李园含蕊花苞的美妆，

等待着姑娘的绰约风姿和靓丽修长。

欢歌了一天的鸟儿疲倦了、回窝了，
梅花隐退了自己，
让出了春天。
众花仙子跟随着桃花，
袅袅婷婷来到湖上。
长廊是那么美，
风儿也吹皱了自己，
谈笑彼此的情浪。
在湖边争趣逗乐，
乐而忘返。

品一盏香茗，
拥一米阳光。
用宽厚包容的心态，
携一份梦想与期盼。

2018 年 2 月 26 日

附：王景贤原词

钗头凤·游天子湖

春依旧，

勤添厚，

迢迢湖履风拂柳。

登云桥，

小亭秀。

书香痴绪，

春梳李瘦。

候，候，候！

倦鸟守，

梅知否？

蕊滴苞蕾桃花后。

长廊釉，

清风皱。

频频谈笑，

湖潇争逗。

宥，宥，宥！

2018 年 2 月 26 日

卜算子·练舞

（步毛泽东词《咏梅》）

勾月映场池，律动从风到。绰约飘霏共影来，但见蛾眉俏。

旋玉臂摇花，珠跳心悠报，香汗微滋气喘吁，且为姿身笑。

七律·应无念邀以诗配图

扬飙策马路三千，
喧叱奔腾万里天。
孤剑何奇孤骏在，
铁军已诺铁钢鞭。
无垠敕勒雕弓吼，
苍翠阴山破釜传。
哪惧烽烟呼啸起，
沙场渴血报巅渊。

2017 年 10 月

七绝·见严冬发桃图作

柳细飞穹絮白来，
唱舟绿水眺亭台。
远方桃艳嫣嫣笑，
梦断丹青把夏栽。

2018 年 2 月 5 日

沁园春·守候2018年

千载辉煌，赤县惊鸿，历史巨篇。竟日登高处，万端互转，雄安正锦，房改甘泉。精准扶贫，卫星巡视，十九光临双百年。攻尘腐，论剑朱日和，风起云涌。

神州盘踞相连，夏华众葩，诗坤梦乾。满杯平雄鬼，国家安谧，共同命运，金砖相联。博鳌论坛，外交新传，一带前行一路牵。惊环宇，共深情明月，大道空前。

2017年12月29日

七律·盛夏凝情

盛夏清晨细雨微，
窗勾槐树白莹巍。
不知枝下邻家女，
渫落相思把爱挥。
蓦见过云花伞舞，
驾风踏水迅如飞。
双双心寄总逢缘，
处处深情是郁菲。

2017 年 7 月 26 日

西楼子·烦愁

（步李煜《相见欢》韵）

流星洒亮湾楼，地需钩。迅息如风无望，凛如秋。

烦不断，心扉乱，奈何愁。愿望如形离远，上心头。

2017 年 12 月 28 日于琼海

七律·探海[①]

远处焦雷一线牵，
骇涛惊浪滚波烟。
当年甲午风云起，
铁甲如今锁岸边。
万泉河中船舰勇，
五指山上骏骑坚。
敢嘘海飓轻声否，
博亚[②]酣然贯九天。

12 月 28 日于琼海

注：

①此诗下平一先，首句仄起平收式，有拗救。

②博亚：博鳌亚洲论坛的简称。

七律・诗海[①]

踏浪微风有墨池，
千寻学海我唯知。
杜工征北忙穿塞，
李白壶情蜀道驰。
商隐此心成恋忆，
王维红豆发三枝。
诗魔词圣仙离去，
只待文坛出赋痴。

12 月 24 日于琼海

注：

①此诗有拗救。

七律·感唐诗毕宋词来

唐诗浩瀚感无穷，
学研清吟在腹中。
计划忽传诗已毕，
习生惊叹恋留匆。
宋词驰骋三千里，
歌调云飞九万珑。
安得长安悠远去，
更鸿端赋临封[1]宫。

2017 年 12 月 28 日于琼海

注：

①临封：临安和开封府的简称，在此喻指宋词兴盛。

七律·鞭炮知春节

隆冬正过未春来，
尽收眼底一笼玫。
冷日不寒槟树曜，
阳暖无风剪烛梅。
浅滩绿雨湾弓皓，
淡泊清心草观苔。
鞭炮数声惊洒下，
方知新酒换清杯。

2017 年 12 月 30 日于琼海

七律·盐海观制盐

忽涌渐汹浪震奔，
飞云逐我吓惊魂。
浅深漕内奇晶莹，
左右池中显旖旎。
但见片花滩上晒，
焉知咸飨岭头门。
诗羞词滴香谁浸，
冬日春阳味满盆。

2018 年元月 3 日

七律·观影《芳华》

一转悠扬一揽仙，
难承妖孽锁池烟。
标兵愁悚遇残雪，
纯厚无端被踬颠。
后悔那时曾送别，
相知舞曲已经年。
只清世事有离合，
方晓天涯各自天。

2017年12月31日于琼海

沁园春·蒲潭王氏史考

子晋王先[1]，洛邑[2]驰名，震慑太原。聚三雄却昝，司徒[0]敬仰，超[4]封郃国，移凤翔轩。固[5]佑登皇，凤林鸣唱，啸月吟风传野原[6]。奇郎仕[7]，驾祥云在道，蒲卧于垣。

序昭水月涞山[8]。书万载、春秋传众贤。道院[9]临高处，长溪浩荡，灵地杰人，鼎五公[10]源。征迈无言，往情千万，迁徙而今扩四蕃。古村矣，且蟠龙昂首，居宅云天。

注：

①王先：王姓始祖王子晋，周灵王姬泄心之子，被立为太子。因与父治政方略相佐，废太子之名，迁太原。后改王姓。

②洛邑：洛阳的古称。

③司徒：三国、晋时期王姓人士官职多为司徒。

④超：王超，先后任职陕西省旬邑县知县和凤翔（今宝鸡）知府。

⑤固：皇佑年间登状元。

⑥野原：即野航老人，辞官隐居乡间。

⑦郎仕：朝中任职将仕郎，并率家属移居今义乌市佛堂镇王蒲潭村，即现居住地。

⑧水月涞山：将仕郎祖曾居佛堂镇涞山水月庵。

⑨道院：蒲潭村边上有座道院山，当年设有道观。现是一处公园。

⑩鼎五公：晚清鼎五公后代建有鼎五公祠，保存完整。现已成为老年文化中心。

七绝·秀林先梁

木秀于林首作梁，
草低终被烈牛伤。
太公尽有诸千集，
不遇文王默钓乡。

摸鱼儿·婚姻生态

莽丛中，野花茵绿，依希催爱相叙。春鸿牵梦风桃拂，金桂且飘婚侣。堂闹去，喜爱聚，运时倏忽悠间语。世情初序。抱拥白头言，尔关吾照，酒尽任凭予。

寻常事，百末频来要缕，三餐无奈需煮。呲非总伴欢忧在，吾浅尔高常咀。君试楚，女挑剔，她思炫美男相拒。互通恒处。不合去婚离，春秋世代，莫叹现今举。

2018 年 8 月 11 日于北京

七律·白露

白露时空枫叶红，
飘香金桂赛春风。
打聋[①]龙眼[②]安神气，
自酿流霞[③]祭禹翁[④]。
少吃西瓜多百合，
几杯热茗润秋烘。
切非伤爽频倾诉，
勤谨添衣莫苟胧。

注：

①打聋：白露前后，农人开始收枣，会用竹竿打枣。打枣，用力要轻，枣农形象地称之为“打聋”。

②龙眼：又名桂圆，可入中药材，具有安神助眠功效。

③流霞：庾信《卫王赠桑落酒答奉》：“愁人坐狭邪，喜得送流霞。”传说项曼都好学仙道，自言随仙人上天，饮流霞一杯，数日不饥。后以“流霞”指美酒。

④禹翁：指禹王。南方有在白露节气祭禹王的习俗。

对联·御景小屋

六十平何追？珠崖椰林，琼州万泉，御湾田野，五步九景，经纬千年梦境谐诙。奇于岛绿、滩曲、浪白、雨濛苔。冬天不寒槟榔暖，尽情依偎。

半间楼啥异？丘浚理学，海瑞刚正，邢宥茂著，一鼎三足，修省永恒丰碑斗魁。怪在淡泊、清心、净化、空灵堆。世俗难敌古朴风，婀娜红梅。

七律·伟岸红颜入凤池

刦来银杏晚秋时，
伟岸红颜[①]入凤池[②]。
今是春晖彤宝钻[③]，
久盈晓色玉青芝[④]。
三杯得意恣欢谑，
九曲知音惊夜仪。
且待错刀[⑤]还复位，
仍须奔涌理投持。

注：

①伟岸红颜：指人民币。

②凤池：凤池即凤凰池。这里指投资。南朝（齐）谢朓《直中书省》："兹言翔凤池，鸣佩多清响。"

③宝钻：即钻石。这里指投资后的收益。

④青芝：青芝又名龙芝。《神农本草经》："主明目，补肝气……久食，轻身，不老延年"。这里指投资后的收益。

⑤错刀：王莽篡位之后铸造了新的钱币，被称为"错刀"。

第四诗篇：

庭中品酒对蒙童

七律·贺李卿老师喜结良缘

西湖软碧[①]踏青忙，
胜地勾留一处香。
短笛轻吟随婉转，
清歌浅唱趁阴凉。
篱边酒暖山花艳，
庐外春浓翠鸟翔。
谁解潇湘千里梦？
玉台新月照鸳鸯。

2018 年 1 月 18 日

注：

①软碧：春天草木的嫩绿色。

七律·赠胞妹兰君

蓬门少女却贤芳，
不思容颜少扮妆。
荆柴扒家茅草挖，
草包织造炊烟长。
思情聪颖厚心道，
言雅婉温优美扬。
春柳添芽竹园绿，
嫣红岁月万年长。

2018 年初冬于北京

七律·赠胞妹爱君

青娥艰苦育髫童，
诚奉书香朝夕攻。
儿亮高升登翰苑，
攀登社稷指巅嵩。
女姗助子①高赀②运，
长驾金籯③有惠风。
龙气凤云代有传，
谈经射策是飞鸿。

2018 年晚秋于北京

注：

①助子：“子”在古代特指有学问的男人，是对男人的美称，如孔子、孟子、荀子等。助子，指帮助丈夫。

②高赀：指多财家富。

③金籯：装金子的筐子。

七律·赠海宇[①]

海浪冲大火孽妖，
澄清玉宇见云霄。
称心展卷寻春影，
勉力挥毫护老腰。
陌上攀谈何处醉，
篱边促膝几多聊。
真情鼓跃[②]云山美，
岂畏前程千里遥？

2018 年季夏

注：

①海宇：郭海宇，作者女婿。

②鼓跃：鼓舞踊跃。

点绛唇·爱丝情缕

——贺朱伟伟、毛瑜虹新婚大喜

牛人天长，人中韦驮驱魔去。庙堂伟墅。时致东风处。

蠑首蛾眉，瑜碧春如许。虹霓贮。爱丝情缕。却影朱毛语。

2016 年 12 月原稿

2018 年 9 月修改

驻马听·比肩飞

——贺圣超、赵倩大婚之喜

世瑞王魁。引弦抚，心音圣六仪辉。超楼赵第，光环莹亮，青莲袅倩形偎。暖牵梅。起雅风，画语喃帏。台上桃花，笑嘻盈恣，凤雀比晖。

欣红喜言喜亮，幔帐红枣红杯。漫步慧端交互，终久芳菲。已是终生好合，且待儿女双飞。石不烂，似海恩情，无飓匆催。

2016 年 10 月原稿

2018 年 9 月修改

七律·贺郭梦伟求婚成功

郭隗台[①]上衷情陈，
梦幻湾边喜雨丝。
伟盼功成无近远，
要知名就有虚迟。
幸门月满待秋桂，
福佑诗盈抬美姿。
终得百嘉同牵手，
身心婵婉赛兰芝。

注：

①郭隗台：系古代招贤纳良之处，此处指男子与心仪女友约会的地方。

如梦令·为小外孙大山画填词

风吼顷间淋灌，
搅动数峰鹅幔。
且把雨衣穿，
心挂牛羊慌乱。
嗟叹，
嗟叹，
也为蝈儿呼唤。

2018 年 2 月

七绝·题小外孙大山画

回眸一笑绿洲妍，
满室鹅黄映紫烟。
无柳仙瓶根慧水，
几浓英奕九霄天。

2018 年 5 月

长相思·鸡少了

（小孙山贝乖巧记事之一）

2016年冬，3岁的小孙山贝在海南过年。一日发现鸡圈少了一只鸡，急忙跑去告诉姑爷。姑爷不信。山贝再说，姑爷过去一看，发现9只鸡果然只剩下8只。忙活了好久方才找回。以笑记之。

“鸡少哟”，“少鸡哟”。山贝牵摇姑父娇。姑父却笑摇。

“真少哟”，“真少哟”。姑父慌忙折下腰。无啼真远飘。

2018年3月

长相思·车错了

（小孙山贝乖巧记事之二）

小孙山贝4岁时，一日，姥姥抱着他在匆忙中上错了车。山贝知道坐错了车，不停地用自己的方式提醒着姥姥。姥姥这才反应过来，于一站后下车返回。以笑记之。

“上错哟”，“坐错哟”，车去前方逐电飘。孩孙一路焦。

“吃亏哟”，“吐亏哟”。惊醒归时经站遥。姥慌车换愁。

2018年3月

长相思·真味香

（小孙山贝乖巧记事之三）

2018年，带5岁的小孙山贝在朋友家吃饭，朋友问他："好吃吗？"他连声说："好吃，好吃。"并快速把饭吃光。私下却悄悄说，不好吃。并说，要有礼貌，要说好吃。笑记之。

"真味香"，"太味香"。相吃如花空扫光。无残往下浆。

"要礼良"，"要礼良"。轻快回辞给表扬。情商比智芒。

芙蓉曲·领队哥哥

（小孙山贝乖巧记事之四）

春节去越南芽庄旅游，5 岁的小孙山贝一直追着领队叫“哥哥”。领队特喜欢，常牵他抱他，真是“大哥幼弟奇葩”。笑记之。

芽庄度岁海边花，踩水映烟霞。山贝牵缠领队，“大哥”不断迷叉。

千途路远，野鸥滩浪，欢在天涯。领队喜欢抱贝，大哥幼弟奇葩。

2018 年 3 月

钗头凤·玩海

（小孙山贝乖巧记事之五）

晴无雾，沙滩骛，奔腾汹涌峰峦铸。沙圹固，水抢注。稚影知遇，摇迁相互。趣，趣，趣！

爹娘赋，姥娉顾，浪跳牵手爷孙赴。风云渡，向尘悟。漫长年月，现时来步。慕，慕，慕！

2018 年 3 月

古风·大山望月[①]

家校互动，家长要评述一月幼儿在家情形。作此古风，聊作互动之文章请老师查阅。

春衣云起夏风裤，启梦[②]掀开人生步。
一载半年中三班，致敬良师勤照顾。
萌生望月境况佳，融融乐乐添情趣。
美味佳肴哄两声，赢取营养正常补。
月升临窗依偎娘，半点梦乡半故事。
童子不解律与韵，垂髫[③]常吟诗和词。
杨柳轻拂黄绿洲，清池点画山水雾。[④]
夕阳余晖英语读，闲暇时刻录音悟。
黑白[⑥]天地点将台，开拓[⑦]智商泛思路。[⑤]
双休轮滑早早去，意恐训练迟迟误。
姥爷不觉疼唧唧，黄口[⑧]常来帮扶扶。
原由总角[⑨]喂蝈蝈，尔今换人去哺哺。

龆龀[10]天性不停息，姥姥姥爷常管束。
含苞待放高情商，智情逐奇缺成熟。
话说常青曝新词，俚语童趣越蒙孺。
拜托师尊常勉策，翘首而望栋梁树。

2018 年 5 月

注：

①望月：原指望日的月亮，也叫满月。这里指一个月情况。

②启梦：解放军三〇二医院启梦幼儿园。

③垂髫（chuí tiáo）：古时儿童不束发，头发下垂，因以“垂髫”指儿童。语出陶渊明《桃花源记》：“黄发垂髫，并怡然自乐。”

④指大山学图画。

⑤指大山学围棋。

⑥黄口：原指雏鸟的嘴，后常借指雏鸟。也指幼儿。《淮南子·氾论训》：“古之伐国，不杀黄口，不获二毛。”高诱注：“黄口，幼也。”

⑨总角：古时少儿男未冠、女未笄时的发型。头发梳成两个发髻，如头顶两角。借指幼年。

⑩龆龀（tiáo chèn）：孩童。

七律·看图吟诗“留待儿孙”

半壁悬岩半绿新，
断头道路寂孤人。
东坡松柏缤三万，
安石修梅美百春。
对弈输赢藏方寸，
因诗收失有昏晨。
劝君世事停强索，
留待儿孙酒自醇。

2018 年 5 月

七绝·六一光盘

六一儿童节，解放军三〇二医院启梦幼儿园盛幕联欢晚会，并刻制光盘，每个幼儿发了一个。以诗记之。

稚岁歌欢千尺浪，
时间勾住在光盘。
随心年后搂孙且，
嬉笑当初舞绕栏。

2018 年 6 月

如梦令·跳操

紧赶幼园清早，
孙子进排操道。
甜美女良师，
爱意满如醇造。
知晓？知晓？
却是未来之宝。

2017 年 9 月

七律·赠诗陈老师孙女三周岁生日照

博士峨冠娇俏样，
端庄宁静巧思灵。
红星领淡笋青嫩，
白袜衣萌穗礼[1]馨。
炯目炽心圆福相，
笑嘟胖脸黛娉婷。
憬憧[2]人道花荆路，
只待翱翔响振霆。

2018年5月

注：

①穗礼：拨穗礼，把头上学士帽的流苏从右边换到左边的动作。

②憬憧：憧憬，向往的意思。

七律·育鬼才

（与何雨淮老师《七律·无题》同韵）

急转雏儿语鬼才，
答题曝冷冠宫魁。
古稀孔孟东西去，
稚子孩提高下猜。
用力地梭勤早晚，
奋争考试岂端杯。
聪明绝顶莫零分，
且替人民育栋材。

2018 年 5 月

附：

七律·无题

何雨淮

黄口小儿有异才，
心机别出亦称魁。
细菌之子天然小，
考试殊难不可猜。
擦地还须多用力，
晚餐可食莫贪杯。
兹师亦惜童儿智，
培植栋梁成大材。

卜算子·为鲁甸“冰花男孩”励志

（步苏轼《黄州定慧院寓居作》韵）

雾雪冻枝梢，人少莺歌静。何处寒衣读诵郎，冰挂随孤影。

却梦想风扬，且愿望清省。跑遍寒山志学求，不惧冰川冷。

2018 年 2 月

第五诗篇：

方知弄笛精神爽

满江红·朱日和沙场点兵

万炮齐轰，咆哮怒，震惊天地。重装导弹奇锋出，气豪风骑。朱日和迎风帅炽，沙场兵国之重器。四军将士斥敌挥拳，无停弃。

西波烈，东浪恣。南海闹，台风[①]异。惬居平五路，举杯欢意。今日神州威武事，远超岳帅收功志。叹雄才、又《史记》宏图，赢云谊。

2017 年 7 月 31 日

注：

①台风：气象学名词，是赤道以北，日界线以西，亚洲太平洋国家或地区对热带气旋的一个分级。这里隐喻台湾海峡风声紧张。

七律·缘起诗风

黑马行云五际[①]空，
英姿西发望湖中。
网诗娓娓滋心窍[②]，
言路[③]悠悠润腹丛。
推势敲形朱槿[④]绿，
机参道悟睡莲红。
诵吟不觉渊深[⑤]处，
缘起词风羡杜翁。

2017 年 7 月 23 日于钱塘西楼子

注：

①五际：汉初《诗》有齐、鲁、韩三家。《齐诗》学者翼奉说诗，附会阴阳五行之说，以推论政治变化，认为每当卯、酉、午、戌、亥是阴阳终始际会之年，政治上必发生重大变动。

②心窍：心脏中的孔穴。指认识和思维的能力（中国古人认为心脏有窍，能思考）。

③言路：原指向政府或领导提出批评或建议的途径，或发表意见的机会。这里指诗友们互相讨论诗词的创作。

④朱槿：又名扶桑、佛槿、中国蔷薇，常绿灌木，叶阔卵形，花红、白色。为著名观赏植物，亦有药用价值。

⑤渊深：（学问、计谋等）很深。

七律·草堂风

思云追雨出天穹，
觅句寻霞入地宫。
文气芦笙滋訾娓，
韵儒钟鼓胜霓虹。
群添众灌私新绿，
人语物言共旧红。
君子才论居易喻，
宝诗又起草堂风。

2017 年 8 月 3 日于杭州

七律·媒素起源[①]

（媒素研究之一）

三三运动[②]凝思年，
批判意趋英国先。
利维斯提媒素养，
汤普森论紧扩研。
抗争流势与庸俗，
表达高知和典贤。
处置修真论艺术，
符号能所[③]体系联。

注：

① 20 世纪 30 年代，电影、小说、报纸和广告的发展给英国社会带来了前所未有的冲击与挑战，更令人担忧的是这些媒体产物对青年人造成了重要影响。利维斯与汤姆森于 1933 年共同出版《文化与环境：批判意识的培养》一书，最先提出媒介素养教育，呼吁教师应背负起身为教师的神圣使命，捍卫原有的文化价值，不要让那些媒体毁坏了人类原本所应追求的生活方式。

②三三运动：起源于 1933 年的媒介素养教育运动。

③能所：能指和所指的简称。瑞士语言学家弗尔迪南・德・索绪尔将语言分为两个部分，一为能指，一为所指。能指是人们在沟通、传递信息、指示某物所使用的形象，可以是一个字、一个标记、一个动作或山川日月等事物外在的表象。而所指则为隐含于符号形象内无法清楚说明白，或是只能于内心体会的意义，可以是弦外之音，可以是隐喻，也可以是一种象征性等。20 世纪 70 年代后，符号学在法国兴起并迅速传播到英国媒介素养教育领域。

七律·媒素起源

（媒素研究之二）

居世风尘悟为先，
山巅俯瞰冠云天。
马斯特曼①预防说，
批评理当分析弦。
阿尔都塞②公共观，
赋权青少独思迁。
春秋千载常宛转，
传播如今漫野川。

注：

①莱恩·马斯特曼：英国学者，将媒介素养引入“屏幕教育”阶段。

②路易·皮埃尔·阿尔都塞：法国人，马克思主义哲学家。

七律·中国理论

（媒素研究之三）

素媒探讨进神州，
引到世纷[①]新思谋。
卜卫[②]当先形领统，
赋权研究广推优。
张开[③]紧同潜心著，
创意传经荡彩舟。
一景山川从此始，
巨龙翻跃压西洲[④]。

注：

①世纷：世界上尚未定论的研究。
②卜卫：中国社会科学院教授。
③张开：中国传媒大学教授。
④西洲：西方。

七律·中国理论

（媒素研究之四）

高校飞天奠语基，
阳光云彩展雄姿。
舒予[①]硕博走教育，
春水漂然[②]润火芝[③]。
文翰翠玲[④]师范闯，
雨丝桃柳耸穹枝。
而今媒素进新贵，
一袭中流学术旗。

注：

①舒予：张舒予，南京师范大学教授。

②漂然：高远貌。

③火芝：灵芝的一种。

④翠玲：于翠玲，北京师范大学教授。

七律·中国理论

（媒素研究之五）

学科中外九阶[①]堂，
星转斗移雕令章。
女院海群[②]书立说，
寻消错误理真扬。
南山[③]求实四川火，
媒素无言规律藏。
生却灵犀三点会，
宝刀吟啸玉筐琅。

注：

①九阶：古代天子明堂有九个台阶，后以指朝廷。这里指学术研究的若干台阶。

②海群：臧海群，中华女子学院教授。

③南山：四川省社会科学院教授。

七律·中国实践

（媒素研究之六）

纸文得到终嫌单，
推广躬身千曲弦。
形上神州四方走，
托烘中国论坛牵。
京都张洁①知新创，
敢教黑芝首变迁。
南北相携互闻道，
勤耕亲种一山田。

注：

①张洁：中国传媒大学副教授，最早在北京黑芝麻胡同小学试点媒介素养教育。

七律·中国实践

（媒素研究之七）

千歌过后知箫声，
万手棋成随处赢。
贤达闫欢[①]花百束，
良方正量出双京。
海波[②]晨霭炒三鲜，
苹果世风慈九营。
且借征帆致思走，
丹心碧血众葩情。

注：

①闫欢：东北师范大学教授。

②海波：广州市少年宫副主任。

七律·中国实践

（媒素研究之八）

花间常笑心独魁，
履践新巧摘玫瑰。
何村[①]千剑有妙招，
学生百胜乡村莓。
纤纤小云[②]扬重拳，
多多媒素黑马追。
真儒平生布阳春，
藻德功名赛红梅。

注：

①何村：黄山学院教授。

②小云：丘小云，成都市金牛区教育研究培训中心教授。

七律·中国实践

（媒素研究之九）

善以渐丰不辍耕，

道重澎湃有山盟。

高科[①]竿险启师培，

中语魂思动礼鸣。

女帅雪黎[②]施金石，

百灵青院慰民情。

砸开磊块通天路，

万里推诚再远征。

注：

①高科：广东省中山市委党校副校长，中山市教师进修学院院长。

②雪黎：张雪黎，江西省青年职业学院（江西团校）党委书记、院长。

七律·中国平台

（媒素研究之十）

九州媒素把魂聚，
搭建平台妙言吐。
灵境首临属张开[①]，
秋光四次擂烽鼓。
乘风驾露飘香花，
咿语喃嘤珍惜妩。
且待来天再会京，
月枝频笑莲花舞。

注：

①张开：中国传媒大学教授。

七律·中国平台

（媒素研究之十一）

琅树碧玕花挂枝，
直心虚节互联怡。
西湖少健[①]千帆会，
中国论坛[②]九曜驰。
七届[③]显扬南北赏，
十年[④]成就夏秋辞。
烟云一泽春风过，
收得万端冬玉芝。

（2018年8月）

注：

①少健：彭少健，浙江传媒学院原党委书记、校长。

②中国论坛：中国（西湖）媒介信息素养高峰论坛。

③七届：中国（西湖）媒介信息素养高峰论坛至今已召开七届。

④十年：中国（西湖）媒介信息素养高峰论坛 2007 年召开第一届，至 2018 年已有十一年。

七律·媒介发展

（媒素研究之十二）

开天辟地属盘古，
后羿女娲话语吐。
仓颉首创文字来，
功勋无量交流鼓。
摩斯电报贝尔传①，
广播声音视屏舞。
林利珍妮②直接看，
互联媒体成春雨。

注：

①传：这里指电话。

②珍妮：1996 年，19 岁的美国姑娘詹妮弗·林利在宿舍的电脑上架起一个摄像头，创建了“看珍妮”网站。这个看来无比简单的举动，却有革命性的意义——她开创了直播这一网络形式。

七律·媒介认知

（媒素研究之十三）

传媒常识澈清知，
尔我晞价判断施。
消费信风吾自得，
烽烟随月总相宜。
公民教育是谁念？
分析评优靠慎思。
收纳使支凭理性，
咨询对错骏珍驰。

七律·媒介辨判

（媒素研究之十四）

归志辨研与鉴赏，
义趋价值和清朗。
缺良信息应筛查，
正确意流更谨强。
聪智出挑休闹腾，
矫思培养批判杖。
三冬不觉渐渐过，
春雨化风健康享。

七律·发展自我

（媒素研究之十五）

源自传媒发展我，
接衔辨别交锋火。
提高创作智能思，
学会成长忠节哿。
民主参玄公众知，
信音快感理修锁。
保单青少良天窗，
权赋语言前景婀。

七律·参加2017年全球媒介与信息素养周及专题对话论坛有感

（媒素研究之十六）

明光海岛浩波粼，
奇独扬风细雨新。
媒素全球精辟聚，
声音中国论坛真。
神州莫道花迟暮，
心语酣然早挚纯。
金敦台旁观景在，
加比岸上友情珍。①

2017年10月27日（金斯敦时间）于牙买加金斯敦

注：

①金敦：即金斯敦。加比：即加勒比海。

七律·参观牙买加鲍勃·马利纪念馆有感

（媒素研究之十七）

惊天动地世情悲，
巨匠仙游企问谁？
微笑精神[①]牙买加，
起来[②]号角救平随。
着燃火尽射州长[③]，
仅次空穹贝斯吹。
鲍勃马生[④]雷鬼震，
全球音乐辈人追。

2017年10月24日

（北京时间）于牙买加金斯敦

注：

①微笑精神：1976年，牙买加工党和人民民族党掀起了新一轮的选战，国内局势动荡不安。鲍勃·马利为缓和国民矛盾，举办了一场免费的音乐会，试图用音乐化解仇恨，这就是鼎鼎大名的“微笑的牙买加”。

②起来：马利的歌曲《起来，站起来》（*Get Up, Stand Up*）中有歌词：“起来，站起来，为你的权利而奋斗！起来，站起来，不要放弃战斗！”

③着火燃尽射州长：马利曾发行过专辑《着火》（*Catch A Fire*）和《燃尽》（*Burnin'*），《燃尽》中收录有歌曲《我射杀了州长》（*I Shot The Sheriff*）。

④马生：马利。马利被歌迷誉为是仅次于“上帝”的人。

七绝·赞于翠玲博导

（步《赞王老师》韵字）

启功弟徒文为媒，
翠玲才女史为碑。
古经古籍古文学，
今此今生今作为。

附：

七绝·赞王老师

于翠玲

西湖论道数传媒，
形上文章树口碑。
奔走城乡肩重任，
天德大志好修为。

七绝·再赞于翠玲博导

（步《再赞王老师》韵字）

文坛巨匠鲲鹏吟，
古籍通经媒介心。
笔落流传凌云志，
一湾锦宠①一瑶林②。

注：

①锦宠：获得的崇高荣誉。

②瑶林：瑶指美玉，形容美好、珍贵、光明洁白。瑶林即培养森林一样多的优秀学生。

附：

再赞王老师

于翠玲

济世情怀比兴吟，
风云不改少年心。
犹闻点将声声赞，
鼓动春风育树林。

古风·九十六年华章

一群青年聚南湖，陈毛[①]不平拍案起。
二枪朱周[②]要武装，奋起南昌驱熊罴。
三辰[③]井冈大会师，锦帐号令风云奇。
四渡赤水出雄兵，遵义城头布重棋[④]。
五星照耀长征路，大渡桥横盼晨曦。
六盘山湾雪浪恶，磅礴东北风云急。
七七事变棍打倭，扫尽鬼魅与猫狸[⑤]。
八月桂花满城香，神州期待燕雀怡。
九宫[⑥]弹指蒋[⑦]倾覆，全国人民始和颐。
十月礼炮庆国立，屹在东方神州熹。
十一头牛证土改，农民人人有田漪。
十二个队归公社，“左”倾错误历史卑。
十三再添加五十[⑧]，众人反思灾难疑。
十四谐死[⑨]文革悲，鉴往知来教训伊。

十五月亮圆中华，风雷滚滚深圳祺。

十六加二[⑩]生死书，农村改革总相宜。

十七年份传捷报，打虎革新又显丽。

十八青春吐新蕊，革故鼎新创传奇。

十九大会重绘图，中国擎举远方旗。

从此乘风扬帆去，无限景观凤来仪。

注：

①陈毛：陈独秀、毛泽东。

②朱周：朱德、周恩来。

③三辰：日、月、星。

④布重棋：遵义会议确立了毛泽东同志的实际领导地位。

⑤猫狸：俗称野猫。

⑥九宫：电子音乐控制器，代指电子音乐。

⑦蒋：蒋介石政权。

⑧十三再添加五十：1963 年，三年自然灾害结束。

⑨十四谐死：十四，谐音“死”。

⑩十六加二：当年小岗村 18 个农民冒着生命危险在“包产到户”的契约上按下手印。

七律·纪念抗日战争胜利73周年

倭寇铁蹄东北踏，
白山黑水难回家。
无边萧瑟烽烟起，
满目凄凉战火斜。
百万头颅存社稷，
一腔热血卫中华。
金瓯完整黎民乐，
今日神州浴彩霞。

古风·一声长叹①

太史公曰美祸国，虽些牖窥却值伏。
妲己谄言陷忠良，纣王自焚商朝哭。
褒姒烽火戏诸侯，幽王美人双双逐。
西施媚计诱夫差，卧薪尝胆勾践福。
吕后殃民斩贤臣，生灵涂炭支孽曝。
飞燕惑乱后宫寒，婕妤权倾成帝匐。
玉环回眸百媚生，隆基遭叛蜀中宿。
三桂冲天为红颜，圆圆祸水受史黩。
慈禧诛贤远现代，千古骂名世辈复。
而今范女优伶荡，利令智昏逃税漏。
补缴钱币八亿余，前呼后拥出金屋。
齐女不知伤国恨，隔江犹唱西湖竹。
国家精神造就者？弦断敢领痴缠祝。
侈靡圈内藏金银，更有左右为其服。

大小合同潜规则，贫富差距万千谷。
娱乐至死风景好，崇尚科学何人育？
崔氏永元拍案起，大侠长风闪电目。
一声长叹一声雷，万张票据万人戮。
千夫所指民所向，百代且迎玉金菊。
剑击神州三千里，气骇春秋万辈穆。

2018 年 10 月 15 日

注：

①四十句诗，入声一屋。

七律·深秋挺崔永元

恶草横秋年月暗，
杜鹃声响话凄凉。
永嘉毅志拼争胜，
远近斗喧拼扬昂。
菊丽深知生死意，
松针勇决浊清强。
试睁妖孽何方去，
终竟碧阳光灼煌。

七律·李咏无葆罟

既是神扬又幼稚，
央花节目主持事。
嘴尖一扬讽嘲浓，
话语三声挖苦恣。
舍下风尘成感叹，
房端气色犯忧思。
尔今美国鹤追天，
休动葆光无必罟。

2018 年 11 月 3 日于北京

如梦令·芯片逆击终变

芯片制裁商战，
磨难逆反终变。
中国傍今[①]魂，
任意血场相见。
　　良善，
　　良善，
带路共同红遍。

2018 年 4 月 23 日

注：

①傍今：犹当今，现在。

如梦令·追捕

跨境连峰追捕，
草动地摇风怒。
星代[①]鹤媒[②]疯，
权力地墙坚固。
沦误[③]，
沦误，
法网势威虫蠹[④]。

2018 年 4 月 24 日

注：

①星代：指明星代言。

②鹤媒：原指捕鹤者用来诱捕野鹤的鹤。这里指铺天盖地的广告。

③沦误：沉溺于谬误。鲍照《拟古》诗之一：“南国有儒生，迷方独沦误。”李善注：“沉沦谬误也。”唐代皇甫冉《题裴二十一新园》诗：“穷年无牵缀，往事惜沦误。”

④蠹（dù）：本意指蛀蚀器物的虫子。引申为祸害国民的人和事。

如梦令·海峡军演

浪破风高云起，
雄发英姿励酒。
阅声望气场，
机舰万方坚守。
　　怒吼，
　　怒吼，
卫峡捍台无苟。

2018 年 4 月 24 日

七绝·题戚燕平同学《老子出关图》

老聃似出函谷关，
无奈被留谈思想。
落笔五千酒长聊，
一文《道德》万夫仰。

满江红·怀岳帅

（步岳飞《满江红·写怀》韵）

2018年3月13日天晴，暖阳。遂出游西湖畔栖霞岭，瞻仰岳王庙[1]。岳飞的精忠报国、文韬武略、爱民如子，自小就敬仰之。曾无数次来到岳庙，今再来，别有一番感触。晚上，打开备忘录，步岳帅《满江红·写怀》韵，填词一首，纪念之。

尽报精忠，无从忘，苍天难歇。光复志、大雄天略，且坚忠烈。严法运筹完竟日，金兵溃败残无月。进河朔、收六郡于襄，骑军切。

兵庐霍，如扫雪。晨虎视，昏消灭。酒歌昂直捣，愤黄龙缺。六对金牌悲叹恨，十年恶战空流血。哭震野、天日映潸丛，栖霞阙。

2018年3月13日于杭州

注：

①时年39岁的岳飞，在“天日昭昭，天日昭昭”的悲愤中就义。狱吏偷将其背出，葬于九曲丛中。20年后岳飞平反，以一品礼改葬栖霞岭南麓今址。

七律·千古风流清汾醉

（之一：千秋纯香）

东风拂柳竞逾莲，

雨沥云飞月相弦。

市井竹林青叶客，

楼台茅屋大坛仙。

豪门拳酒江山论，

燕寝诗词雁鹊先。

却道清汾千岁碧，

唯宜纯美万钧宣。

七律·千古风流清汾醉

（之二：古今酒旗）

旗峰一缕论时今，
品鉴纯情遁逸心。
琴弄月舒卷杏曲，
诗吟云赋咏汾音。
冰清玉洁三杯酒，
圆梦花飞九处寻。
莫怨春朝蒙醉意，
楼台他日啸朋斟。

七律·千古风流清汾醉

（之三：风酒花诗）

岁前汾水见罡风，
实践携生乃从珑。
帝所五台持戒毕，
王家九祖庙堂公。
乔常曹亢渠侯范，
商晋存银与国同。
更是品吟诗酒醉，
借情豪迈唱钦崇。

七律·千古风流清汾醉

（之四：流水似情）

汾清身世古传流，
任尔东南西北秋。
融十通奇青竹叶，
逾千茅酒从今修。
人生得失何须计，
朝夕来仪共相酬。
但醉自由终竟伴，
心情似水再无求。

七律·千年风流清汾醉

（之五：竹映神泉）

甘泉三晋河汾竹，
耀彩神形璀璨芝。
师酒侍监千载力，
盐商报善九重祺。
叶青尤在谁无晓，
芽绿更传有凤姿。
月朗风清珠本洁，
人间天上共相驰。

七律·千古风流清汾醉

（之六：叶花丝雨）

一夜春风梳绿色，
霞光向晓亮天齐。
深深竹叶纯醪客，
漾漾汾清醉酒迷。
和梦洒飘诗百转，
唱吟随浪舞千题。
桃花店盛琼如玉，
李杏丝烟碧晚西。

七律·千古风流清汾醉

（之七：青醉娉婷）

剪梳杨柳四方馨，
锄捧农夫后瓦亭。
衣角撩开千累散，
春晖吼起百虫醒。
�

七律·千古风流清汾醉

（之八：高处修神仙）

黄河奔去涌明泉，
史记司迁仁贵贤。
道义汇通行大道，
花香得造传乎天。
匠心晋裕头筹拔，
云气清晟元入禅。
今日平安读穹下，
江津高处修神仙。

2018 年 3 月 21 日

沁园春·千古风流清汾醉

（之九：得造花香）

三晋江山，八曜之中，万载熠煌。忆汾清名酒，北齐书载；桃花厅上，世说名觞。家酒唯储，只船盐载，跑马清风有御汤。源流事，二十秋史载，四海传扬。

盛名如日炎炀，点名仕、豪魁意气狂。国父端杯毕，润芝济世；恩来国宴，吴晗诗凰。郭老吟诗，朴初畅饮，得造花香属傅堂。秋枫锦，勉共汾酒聚，杏雨文章。

第六诗篇：

更觉挥毫气色融

莺啼序·重炼人生

春晖啭啼雨拂，正圆明回语。燕难见、同德清明，液润滋事迟去。窗学聚、谈论万籁，平生已就前尘叙。忽闻移除悚，坚离却奔妻女。

初夏音莺，岸花樯雁，柳荫催绿树。名北一、叩问凄清，待芝房过廿数。独登台、卧凝午漏，悄迷醉、切花缝补。夜无眠，宿半尚言，还能酣否？

白乌已析，弄影幽香，且待红启顾。自不怠、查询思问，叩讯求书，识解知新，电驰慢步。忆追五一，天伦融懿，溪边悦戒台罄响，绮陌诚、潭拓斜阳露。参仙悟道，方寸直炼空灵，依约心素几祚？

海追宇拜，人事嗟呀，夏夜星际遇。又去院、探寻教谕。帅靓欧吴，派特西替，骨和穿煦。凝思怎好，微风残月，婿轻扶弱奔波护。任千遥、且为真情故。苍生但愿长安，余即离游，散云何惧！

古风·仙耕草堂

深山原野若为橱，
只为清风不为腴。
腹内珠玑吟大志，
行路蹊径勤为途。
成都青阳悟草堂，
古朴典雅居工部。
南阳隆中茅庐对，
玄德帝业从今数。
艾青故里神气凝，
外似宁静内敛琥。
雅袖飞扬舞舞仙，
苔痕踏青纷纷雨。
鱼已成龙剑亦飞，
耕成企业读变趣。

仙耕草堂红且绿，
堂草耕仙端亦妩。
罗汉柏上彩霞起，
迎客松下参天树。
养生养慈又养德，
千卷诗书万年谱。
更待来岁风云际，
四面唱和八方鼓。

2018 年 3 月 31 日

七律·森宇文化

这是一首藏头诗，每句的第一个字构成“创新、开放、责任、包容”八字四词，加上诗中提及的养生、科技、感恩、工匠、品牌、国学等内容，共同构成了企业的十种文化要素。

创局森山玉宇①天，
新阳②最将养生牵。
开怀工匠鸿光③举，
放肆科研璧饰卷。
责褒④九重恩感去，
任凭五彩品牌连。
包玄⑤国学崇弘⑥志，
容健⑦康和⑧绰态⑨传。

2018 年 4 月 13 日

注：

①玉宇：传说中神仙居住的天宫。

②新阳：初春。

③鸿光：盛大光辉的事业。

④责褒：批评与表扬。

⑤包玄：学问深奥、道理深藏。

⑥崇弘：推崇光大。

⑦容健：健康的容颜。

⑧康和：平安，安宁和顺。

⑨绰态：婉美的姿态。

七律·心念枫林

枫叶红遍，银杏尽黄，正是欣赏的绝佳时节，而我却仍在无菌病房，人在内而心在外也。

暖阳懒懒进窗台，
帘卷西风叩闭开。
心念枫林何舞洒，
吟思梅早更追瑰。
洁房虽美悬花袋，
斜影岂殊妙扎推。
今日又来盐古素，
雄奇特瑞定争魁。

2018 年初冬

七律·赠宋玉琴主任

玉碧真情落玉盘，
琴弦竹语报平安。
主治细磨多成梦，
任劳探研早忘餐。
品韵欣将归蕙草，
高知谦和化芝兰。
术强医道夸纯粹，
精湛毓丹上泰銮[①]。

2018年7月20日

注：

①泰銮：泰山之巅美好光明的宫殿。

七律·谢邹外龙主任医治

忽起心伤损肺中，
愕魂失魄五虚同。
急流滚滚叹翻浪，
惊昼声声痛欲疯。
妙手春来外龙治，
柳风秋月放飞鸿。
满园银杏金黄到，
凝翠一窗松柏葱。

七律·谢张新军主任医治

六化秋冬括猛风，
你刚敲鼓我称雄。
银杉飒飒响无力，
绿柳垂垂高热中。
新军三维七纠缠，
旧思五量九计冲。
多谋善断伐论断，
神医拂春早治隆。

七律·谢任维医师医治

一袭白衣天使风，
东西求索志如虹。
逢源种玉成馨懿，
济世悬壶立德功。
薄利浮名非所属，
探精胜赏是惊鸿。
待时忽地飞云起，
雀在溪低尔峻穹。

七律·谢陈志炉好医师

从北京出院后即返杭州拟开会。累，反应强烈，异常难受，遂去同德医院就诊。时值医生下班时间，素昧平生的陈主任不辞辛劳，等待我太太挂号，亲自寻问病情并扶我进急诊室实施监护，次日即安排入院精心治疗。陈主任，好医师，感谢之。

病魔突袭众人扶，
命寄凡尘百事需。
不惜修心谁起笔？
偏知立志自悬壶。
春风浩荡先生雅，
身世浮沉老汉愚。
此劫城西惊骇定，
烹茶煮酒赛金炉[①]。

2018年6月13日于杭州

注：

①金炉：香炉的美称。

七律·任黎刚真情寄病人

任是医来断梦眠，
黎明痛楚晚沉渊。
刚齐[①]尚且疗程在，
真迹微茫奈何[②]天。
情月残光勾药笼，
寄阳盛紫扫尘烟。
病丝待愈西楼去，
人气精神复铁仙[③]。

2018 年 4 月 18 日

注：

①刚齐：药性猛烈的药剂。

②奈何：对于事物没有办法。

③铁仙：比喻体格健壮、神采飘逸的人。

唐多令·中秋赠北京和平医院输液室护士们

苏燕落京州，玉其花满楼。俏使[①]勤，倏[②]到中秋。瓶挂琼枝邀月影，且摇曳，为圆[③]谋。

石娟皓双眸，刘阳输露稠。叹纤指，扎[④]却如悠。满目彩虹同眼底，一片景，驾扁舟。

2018 年 9 月 23 日

注：

①俏使：美丽的天使。

②倏：极快地，迅疾地。

③圆：圆满，这里指病人康愈。

④扎：扎针。

七律·赠北京空军总医院呼吸科医务人员

欢语轻舒与尔聊，
玲珑倒挂[①]为谁飘？
唯知雨化吴刚嶙，
不觉梅争织女腰。
未闭广庭窥病友，
想随幽榭听医谣。
人间遍是金秋聚，
使患[②]天涯同九霄。

2018 年 7 月

注：

①玲珑倒挂：挂吊水瓶。

②使患：使，白衣天使；患，患者。

七律·人间最贵是安康

鬓乱灰光发落荒，
眉弓心萎黯神伤。
霜凋晚冻何归处？
星暗辰寒怨夜长。
寂榻潸然无绝境，
孤眠呻楚有凄凉。
世间安得灵芝在？
今晓康平是健康。

2018 年 4 月 22 日

七律·护苍苔

犹如天际响焦雷，
顽疾伤心蓦地哀。
莫道风云飞玉宇，
只惊孱体惹尘埃。
槐香落尽芙蕖凑，
文竹衰颓百合陪。
此去瑶台千仞绝，
只缘灵净护苍苔。

2018 年 5 月 26 日

如梦令·乞术

帘暮残阳人瘦，

魔恶悄幽恒疚。

急落叶寻斟，

掷万金求刀救。

垂佑，垂佑，

物语尽应归旧。

2018 年 5 月 19 日

如梦令·术

前日奈何推进，
针晃莺音迷迅。
梦断怯何方？
闻笑复苏提振。
俄瞬，俄瞬，
刀利线无缝顺。

2018 年 5 月 19 日

如梦令·术后

次日适归回始，
高卧静心弘旨。
询忍痛何时？
三日剧痛均此。
今起，今起，
且以唱诗休止。

2018 年 5 月

七律·诗谢北大第一医院术成出院

凄惶占位[①]度经年，
北大郎中[②]贯耳传。
张凯神医分学理，
孟才[③]刀术断根弦。
强龙[④]甘霈精勤钰[⑤]，
诸葛谋筹妙算巅。
济世悬壶情患者，
杏林春暖[⑥]白衣贤。

2018年5月16日

注：

①占位：医学名，囊肿。

②郎中：宋以前，对医生的称呼较为复杂，宋代始，南方习惯称医生为郎中，北方则称医生为大夫。相沿至今。

③孟才：孟一森医师。

④强龙：王强和王晋龙医师。

⑤钰：陈钰护士。

⑥杏林春暖：杏林春意盎然，用来赞扬医术高明。“杏林”也是中医药行业的代名词，典出《太平广记》。

七律·长期剑戈

疾恶瘤重缺奈何，
长期抗战剑和戈。
猛医怎畏天雷敲，
罗美华针也唱歌。
哪怕随风飘散去，
更吟浩瀚上嵋峨。
吾身若换群生健，
驾鹤西游赏柳荷。

2018 年 7 月 18 日于北京

七律·化[1]后

化喷惊悚万艰追，
休沐[2]告归方萎颓。
落叶风凉苟且过，
阵寒晚袭更堪哀。
雨烟安得矜骄荷，
冰雪未闻凌傲梅。
纵使清云长驾去，
依然笑品九和苔[3]。

2018 年 9 月 16 日

注：

①化：化疗。

②休沐：休息沐浴，犹休假。这里指挂了五天吊水瓶。

③九和苔：在中国古代，九为阳数的极数，即单数最大的数，代表了权力的最高等级。苔指苔藓，虽多寄生于阴暗潮湿之处，可它也有自己的生命本能和生活意向，并不会因为环境恶劣而丧失生发的勇气。这里喻一生中经历过的大事和小事。

谒金门·中秋感怀

追月节，天上银光乱泄。烟散无云纯似雪，怎耐张口绝。

星汉难相聚，坚离别，同谁诉缺？拼取余生延华耋，何时还我悦？

2018 年 9 月 24 日中秋节

醉花阴·雅静流云度重阳

朦胧昏沉弥漫瘦，远处孤烟陋。体乏又魂消，罩枕离分，却度重阳疚。

数浆满滴长时昼，更夜知量透。莫道卧愁烦，雅静流云，龙液神涎救。

2018 年 10 月 16 日于北京

醉花阴·重阳物语

京都雾霾魂不透，大红门外漱。使处白楼帘，三雁神聊，雅静诚相佑。

倒瓶线液何时宿？正夜更残漏。且又至重阳，秋梦愁遥，望远何时茂。

2018 年 10 月 15 日于北京

七律·丝域心诚艺精

丝空皓空待肥时，
域顶娑摩象境怡。
生液有知丰倍辣，
发长清爽养头皮。
心司董颖施殊技，
念挂钰湫供补奇。
艺笃乾坤容婉寸，
精诚和合总相宜。

第七诗篇：

一路凌云行万里

七律·古稀岁月吟（一）

半点痴呆半有诗，
灯油将尽岂伤姿？
窗边细读功名淡，
院里微吟气节持。
白发常知敲鼓角，
丹心独醉展旌旗。
北青刚出南红到，
老骥扬蹄四季驰。

2018 年 6 月 29 日于北京

七律·古稀岁月吟（二）

戊子迓承[①]迎柳绿，
一声啼哭落尘埃。
玉堂雀跃平生笑，
碧水欢呼日月陪。
羸弱雪天多扰梦，
门扉寒夜实惊哀。
凌晨婶见吾苏息[②]，
大喊双亲薄命回。

2018 年 6 月 30 日于北京

注：

①迓承：迎受。

②苏息：复活；苏醒。

七律·古稀岁月吟（三）

五岁年光未改迁[①]，
碑亭地块亩三田。
跟随父亲荒山去，
车[②]到柏珠几负肩。
月朔惨然身冻战，
梓皮遏勒[③]手清蜷。
我饥肚子妹啼哭，
婴吭吾峋[④]某睡眠。

2018 年 7 月 1 日于北京

注：

①未改迁：尚未土地改革。

②车：义乌话，切的意思，竹竿上端绑着刀，从下往上切树枝。

③勒：义乌方言，用手顺着一定方向，将柏籽拉下来。

④峋：嶙峋。这里指皮包骨头的手指。

七律·古稀岁月吟（四）

七八郎时始读书，
两年之后兔框余。
经心任务交私我，
作意微餐且给蔬。
晨早二筐还五络，
阳明四笼又三墟。
傍阴拖着毛箩袋，
牛角勾粘几大储。

2018 年 7 月 2 日于北京

七律·古稀岁月吟（五）

倏尔姨娘上海逾，
逼吾跟着扫盲孺[①]。
半年天佑初中读，
三载新生道路衢。
起早顶心星夜学，
晚间蓖籽[②]伴书途。
肚肠饿得糠香咽，
知识汪洋自己沽。

2018年7月3日于北京

注：

①扫盲孺：20世纪50年代末60年代初政府发动扫盲运动，参加者多为二三十多岁的无文化姑娘、媳妇。

②蓖籽：蓖麻种子，可用来点灯照明。

七律·古稀岁月吟（六）

三年一晃进高中，
穷困潜能跃举鸿。
无憾志嘉鸣大学，
专心只为出氛虹。
谁知平地惊雷起，
尤有风烟①遍野熊。
收拾书包挥泪去，
跟随父母坝田躬。

2018 年 7 月 4 日于北京

注：

①风烟：“文化大革命”时学校关门，大学停办。

七律·古稀岁月吟（七）

收牵耕作甩秧挑，
挽紧衣卷麦穗撩。
冰内不堪寒刺骨，
泥中何畏搅虫獠。
水车抗旱通宵干，
苗插冲田烈日烧。
年半过关书总帐，
皮肤黑糙悍夫憔。

2018 年 7 月 5 日于北京

七律·古稀岁月吟（八）

皇天不负苦凡人，
突发征兵命令真。
书记欢欣三告诉，
笙歌填表一吾身。
健康体瘦无羁碍，
政审阳差过垢尘。
父母当机裁断去，
军营谁说没瑰珍？

2018 年 7 月 6 日于北京

七律·古稀岁月吟（九）

车皮启动驰船院[①]，
赭塔晴岚[②]彩练编。
军管文思营部借，
新闻投稿走先前。
首姿《安庆》[③]刊登出，
不断《皖城》[④]发短篇。
忽有一天鸿雁到，
《人民日报》我名传。

2018年7月7日于北京

注：

①船院：芜湖造船厂的大院。

②赭塔晴岚：芜湖十景之一。

③《安庆》：指《安庆日报》，是中共安庆市委机关报。

④《皖城》：文学期刊。

七律·古稀岁月吟（十）

新年腊月返原连，
训练枪拳弹法前。
翻越山川奔兔子，
写思板报抢当先。
簸箕藏在床沿下，
扫把横经枕侧肩。
忽有主官来共话，
文书一纸委任填。

2018年7月8日于北京

七律·古稀岁月吟（十一）

文书连部任班长，
承秘当家武器装。
事且高低查实做，
耐心左右向中望。
上层下级多沟陌，
后处前方少落凉。
经典花开终有报，
奖嘉入党赛科场。

2018 年 7 月 9 日于北京

七律·古稀岁月吟（十二）

寒冬拉练又巡营，
百里无奇日夜行。
一哨戎装和弹荷，
两头材料与方枰。
黏缠队伍血渗赶，
咬紧牙关汗喷盈。
突响冲锋号令疾，
攻歼山坳插旗旌。

2018 年 7 月 10 日于北京

七律·古稀岁月吟（十三）

西阳斜下大田村，
事业由今往运奔。
考察历经几度遂，
提干为问百寻樽。
师团仅有不多个，
连队奇稀唯肃尊。
由始花开春色起，
群山众浪此苗根。

2018 年 7 月 11 日于北京

七律·古稀岁月吟（十四）

长江浩瀚浪时空，
幽静黄山调韵同。
香蟹巢湖舟泛在，
银鱼汤殿马蹄匆。
镇兵戎事合肥府，
卫省[①]安台[②]大蜀嵩[③]。
古井几箱终客去，
十年皖地远飞鸿。

注：

①卫省：警卫省委省政府机关。

②安台：警卫电台电视台。

③大蜀嵩：为当时备战需要，建设山峰孤突的大蜀山。

七律·古稀岁月吟（十五）

打动关乎喜碰杯，
转流从政地方栽。
杭州脱产专心读，
党校文凭终捧回。
又汗还寒本科到，
且乌[1]却早识知陪。
几多时内街无逛，
浙大研生报捷来。

2018 年 7 月 13 日于北京

注：

①乌：深夜。

七律·古稀岁月吟（十六）

省吏钦之处级培，
勤修褒异带还回。
次时改革常班①换，
今日离缘动党魁②。
大将韩信曾胯下，
霸王勾践马前推。
停杯失箸三年整，
默薙③优为④梦景开。

注：

①常班：县委常委班子。

②动党魁：指县委书记调整。

③默薙：默默地工作。

④优为：任事绰有余力。《礼记·文王世子》，“仲尼曰：昔者周公摄政践阼，而治，抗世子法于伯禽，所以善成王也。闻之曰：为人臣者，杀其身有益于君，则为之。况于其身以善其君乎？周公优为之。”

七律·古稀岁月吟（十七）

八婺机关做讯传，
几春秋算有多天？
东西改革风云起，
上下宣流激荡年。
农业调研乡间去，
工商变制试推篇。
新闻艺术宏观控，
城创文明省涨涟[①]。

注：

①潫涟：波澜回曲貌。

七律·古稀岁月吟（十八）

几辞无果电视台，
人且煴恭我挨推。
频道增加三进部，
肃风再战半年恢。
后前上下皆和婉，
左右东西各倚偎。
规范提升多奖证，
济兼天地大才裁。

2018 年 7 月 14 日于北京

七律·古稀岁月吟（十九）

广电厅长把话谈，
规划新业影城参。
倏然风变滋芽断，
犹有花明教育担。
春柳满园桃李盛，
夏荷梦幻桂梅探。
刚来九月惊消息，
共创大专竖内涵。

2018年7月15日于北京

七律·古稀岁月吟（二十）

同花庠[1]校创新篇，
蓝色风云一线牵。
沧海桑田从此起，
彩旗漫卷箭弓弦。
飞过天堑穿丛棘，
迈出平泷与险巅。
年序驰驱几载后，
传媒升本赛儒仙。

2018年7月16日于北京

注：

①庠：古代的学校。

七律·古稀岁月吟（二十一）

十载部长终退潮，
依然教授耀光飘。
花开媒素科研路，
技茂奇思集目标。
实践若年齐稳发，
高峰七届尽妖娆。
常参遍识名流者，
荣上联坛[①]演讲邀。

2018 年 7 月 17 日于北京

注：

①联坛：作者三届出席联合国教科文组织媒介信息素养与跨文化传播论坛，并发表演讲。

七律·古稀岁月吟（二十二）

军中摘美花杯酒，
没桌无帏却有心。
意悦言欢三盏外，
执忠相拥十筵斟。
最怡董铺泛舟去，
岂少银鱼逐浪寻。
细语粗声成状态，
白头映衬牡丹吟。

2018 年 7 月 19 日于北京

七律·古稀岁月吟（二十三）

自幼乖柔掌藏珍，
流风轻漾柳桃春。
谨严治学晨昏夙，
清气勤情蓟燕麟。
淑女快车知劲草，
玉壶冰镜望星辰。
皇城大道借长驾，
飚尽落芽惊绿茵。

2018 年 7 月 20 日于北京

七律·古稀岁月吟（二十四）

吾家种有一花盆，
日夜浇淳郁满园。
却到温文诚汉子，
尤思轻倩蜜饴婚。
从今蓬勃风雷响，
且后时髦电视魂。
尊敬老人忙活计，
更添喜我小聪孙。

2018 年 7 月 21 日于北京

七律·古稀岁月吟（二十五）

清癯稚子学规轮，
驰巧飞灵彩影缤。
英语读书三数句，
交流脱口五开唇。
渚烟围困思棋路，
葱虹战酣用典真。
晴晚骑车追化蝶，
先天情趣挟风尘。

2018 年 7 月 22 日于北京

七律·古稀岁月吟（二十六）

我欠青春一首诗，
军营却喜热乎时。
旗飘皖北江南响，
鼓擂婺星玄武司。
天命跃升西岭上，
五零巅峭沐天地。
欲宜还帐芳华梦，
立志神游砺美词。

2018 年 3 月 29 日

七律·古稀岁月吟（二十七）

童儿饿殍少微劳，
四载中初有末毫。
时雨十年无奈去，
岁星一路往高遨。
桑麻泣露空闻叹，
梅竹随风没处逃。
婉转命途哪靠己，
七旬洒落几波涛。

七律·古稀岁月吟（二十八）

路上追求艳萼天，

境情不易历经颠。

春风鲜嫩荷傍丽，

冬雪飘零梅扫烟。

奋斗挣崴双力力，

创新毁灭两先先。

欢奇以后几噙泪，

走过生机莫彷延。

七律·古稀岁月吟（二十九）

惊嗟过隙七旬身，
半隐狐疑半确真。
苍劲受恩牢礼[①]记，
碧渏被鬼[②]早消泯[③]。
宽人于厚终归报，
勤勉予筹更嬗[④]缤。
东荷匆飘西柳在，
闲情诗赋伴星辰。

2018年4月20日

注：

①牢礼：古代以牛、羊、猪三牲宴饮宾客之礼。《周礼·天官·宰夫》："凡朝觐、会同、宾客，以牢礼之法，掌其牢礼委积、膳献、饮食、宾赐之飧牵，与其数。"《周礼·地官·牛人》："凡宾客之事，共其牢礼积膳之牛。"郑玄注："牢礼，飧饔也。"

②被鬼：被人坑害、误会、不解等。

③消泯：消灭，消失。

④更嬗：交替得到。清吴汝纶《〈孔叙仲文集〉序》："桐城之言古文，自方侍郎、刘教谕、姚郎中，世所称'天下文章在桐城'者也。而郎中君最后出，其学亦最盛。由郎中君已上，师师相诏，更嬗递引，乡里之传不绝。"

七律·古稀岁月吟（三十）

七十皆论太古殊，
品行作伐从心[①]瑜。
为人自主天宽地，
谋划乾坤悟觉衢。
言要慢谈思慎密，
事需善手出功夫。
男儿一辈苍穹志，
宠辱无惊碧嶂儒。

2018年7月23日于北京

注：

①从心：七十而从心所欲。

忆秦娥·人生只有出发（之一）

挥不落。轻骑刺刃皆弓缴。皆弓缴，大江南北，杀声坚却。

皖南尤拟青松鹤。江东更是雄心魄。雄心魄，甲披大地，剑飞熊掠。

2018 年 2 月

忆秦娥·人生只有出发（之二）

挥不怪。十年寒暑功关隘。功关隘，长江秦汉，渭河碑界。

巢湖碧绿银鱼晒。淮南煤乌酥瓜卖。酥瓜卖，雄风苍颢，煮茶澎湃。

2018 年 2 月

忆秦娥·人生只有出发（之三）

挥不走。晒阳冒雪基层酒。基层酒，调研谋思，真诚身受。

斗危拼出桃源柳。笑谈弦开香薷藕。香薷藕，梦惊窗蕊，问新题叩。

2018 年 2 月

忆秦娥·人生只有出发（之四）

挥不掉。谈文论艺精神笑。精神笑。晨昏行踏，水山为窍。

设谋龙蛰奇门妙。仗雄虎卧齐呼啸。齐呼啸，风云正起，骇鹏鲲曜。

2018 年 2 月

忆秦娥·人生只有出发（之五）

挥不别。电视媒体浪如雪。浪如雪，涌潮八婺，发兵寒铁。

大刀阔斧师新绝。不停马镫扬姱节。扬姱节，四方通达，八方宏悦。

2018 年 2 月

忆秦娥·人生只有出发（之六）

挥不弃。凌空飘曳缤纷醉。缤纷醉，千林栏目，万台嘉会。

新闻随柱围梁瑞。繁频大奖青春翠。青春翠，尖峰扬炽，婺江旗帅。

2018 年 2 月

忆秦娥·人生只有出发（之七）

挥不足。十年大学盘青玉。盘青玉，左升右调，北南肥沃。

桃红点点溶春鹄。桂黄片片迎秋曲。迎秋曲，三千弟子，笑燃莹烛。

2018 年 2 月

忆秦娥·人生只有出发（之八）

挥不入。悬梁刺股星辰立。星辰立，字文百万，课题终级。

不移乐智夏春急。没娱纵溢秋冬辑。秋冬辑，淡然杂项，研科宵熠。

2018 年 2 月

忆秦娥·人生只有出发（之九）

挥不去。雨风揽尽青山处。青山处，梦红漾荡，景驰如絮。

届三演讲教科①誉。著编十卷微声誉。微声誉，诚心予众，给吾珍语。

2018 年 2 月

注：

①教科：联合国教科文组织。

忆秦娥·人生只有出发（之十）

挥不语。一分一秒驰过去。驰过去，多秋数壑，百施千著。

雪风逆境何人去？朝阳风暖生机驭。生机驭，学诗从道，习词清疏。

2018 年 2 月

第八诗篇：

登高咏赋自凭风

一路走来

——献给党的十九大

您用红船《党纲》的暴风骤雨、电闪雷鸣告诉我，
您的来临。
您用井冈山杜鹃的姹紫嫣红和五次反围剿告诉我，
您的满山层林充满遐想。
您用遵义城头的四渡赤水告诉我，
您产生了领袖、扭转了乾坤、拨正了航向。
您用延河水的奔腾咆哮、一泻千里告诉我，
您有担道义负责任的抗日铁肩。
您用西柏坡的力挽狂澜、横扫千军告诉我，
您的曙光即将普照五湖四海，
普照高山之巅。
您用北京城的十月礼炮脱壳化羽告诉我，
您有属于自己生命的绚丽、灿烂和永远。

您用农夫工友的汗水喜气洋溢地告诉我，
您有您存在的理由、意义和必然，
您用脚踏实地仰望星空告诉我，
您不断描绘着自己的诗和远方。

是谁，
让我们第一次拥有了土地、耕牛和自由的力量。
是谁，
让我们第一次在八国联军铁蹄之后抬起了头、挺起了胸膛。
是谁，
让我们第一次消灭积贫积弱，
把强大置身于工业化大国之上。
是谁，
让我们第一次拥有了核武器，
从此不再受人蔑视和欺凌。
是谁，
让我们第一次把春天的故事唱了一遍又一遍，

迎来一片艳阳天。
是谁，
让我们第一次把梦想之船驶向远方，
驶向彼岸？
是谁，
让我们第一次用“一带一路”谋划出了百年大计，
伟大篇章？
是谁，
让我们把强国强军的集结号吹进亿万人民的心坎？

是谁，
又是谁，
让我们第一次为世界所瞩目，
成为世界的焦点？

有人说，
一切希望都带着注释，

一切信仰都带着呻吟，

一切爆发都有沉沦的脆弱，

一切死亡都有冗长的回响。

不，不是的。

一切希望都在您带领我们奋斗中实现；

一切信仰都永远写在党章，刻在脸上，

屹立在天地之间；

一切种子都能找到生根发芽的土壤，

都有燃烧生命的期盼；

一切真情都没有流失在人心的沙漠里，

您永远与人民血肉相连；

一切梦想都不会被折断翅膀，

而是在不断追求不断扬弃中最终实现；

一切火焰都不只是燃烧自己，

而不把别人照亮；

一切星星都不只是影衬黑暗，

而不报告曙光；

一切歌声都不只是弥漫侈靡，

而不植根于心房；

一切呼吁都不只是发出，

而没有回响；

一切个体都不只是损失，

而无处补偿；

一切污染都不只是灭亡，

而无法重生涅槃；

一切无奈都不只是覆盖，

而没有阳光；

一切心灵都不只是踩在脚下烂在泥里，

而无出头之日发出自己的光芒；

一切后果都不只是眼泪和血印，

而无舒适坦然笑容荡漾。

一切的过去，成就了现在的今天；

一切的现在，都在孕育着未来的明天；
未来的一切，都生长于它的希望和梦想。
而且希望和梦想的实现，
都放在了您的肩上。

孩子们渴望开心学习健康成长，
青年人渴望爱情甜蜜滋润心田，
中年人渴望家庭幸福事业发展，
老人们渴望精神抚慰老有所养，
……
这一个个希望和梦想的守候，
编织成了，
中华民族伟大复兴的中国梦，
构筑起了，
社会腾飞的中国希望。

从不在意羡慕，

也从不在意忌妒，
更从不在意打击。
因为您不只是您，
您身后，
还有千千万万果实累累的田野，
千千万万巍峨挺拔的大山，
千千万万宽阔辽远的海洋。
那就是，
千千万万的中国人民，
千千万万的飞龙在天。

过往是清风，
当下是桂香。
您孜孜不倦所追求的是自身完美、生命燃烧和超越梦想。

这就是您，
伟大光荣正确的中国共产党，

这就是您，

全国人民的领导核心、力量源泉。

我们以诗的壮丽，

以歌的悠扬，

献给您：

十九次党的代表大会承载的九十六年华章，

献给您的十九大，

献给十九大的今天，

献给十九大的未来，

献给十九大的希望。

四十岁的青春

——纪念改革开放四十周年

曾经无数次地想起，
小渔村变成了繁星般的大都市；
曾经无数次地念叨，
小岗村推动了中国农村的变移；
曾经无数次地追忆，
浦东的荒凉演化成一个个“大上海”；
曾经无数次地演讲，
积贫积弱的中国，
富裕在世界屋脊；
曾经无数次地落泪，
梦里惊醒；
曾经无数次地回眸，
苍茫大地充满了鲜花和狂喜。

你肯定看到了，
南方谈话后的巨变，
惊涛与骇浪告诉我，
那是一段风云激荡的峥嵘岁月，
记载着风霜雨雪红鸾天喜。
这一年起，
选择了打开大门推动大球，
画卷展开的是四十年走向世界的魄力。

过去，
我们也有过选择的错误，
误把斗争当成社会的主题，
错把运动当成时代的意义。
如今，
我们清醒了，
难忘的一九七八年指明了我们前进的道路，
改革开放迎来了发展创新的晨曦。

回头是四十年前的今天，
化解了浩劫，
排除了思想禁锢和发展危机。
民生春雷滚滚，
法制丹青朱碧，
民主监督的槐花珠玑，
开创了现代化社会的新课题。

曾经的一湾死水，
已经变绿，
僵硬的身体、迷茫的灵魂，
在感召下复苏，
前方路的桎梏，
等待的是春风，
是突破和重新设计。
改革是汹涌澎湃的大潮，
是引领潮流春风化雨的一面红旗。

当时代站在历史制高点，
特区舞台风韵优雅，
格局调整水卷日熙，
自贸区港傲然挺拔，
观念变化柳灼桃依，
华夏世界映出了一片蓬勃生机。

当时代站在历史制高点，
新的选择和征程青翠旖旎，
反腐反得虎胆战，
改革改到骨子里，
开放目迎万层楼头千里雁，
诵读经典，
政制深改不停歇。

当时代站在历史制高点，
“一国两制”展虹霓，

祖国和谐港澳回归成一家，
中华林茂春花秋月迎台栖，
五洲大统阆苑蓬莱起风雷，
国家齐，
两曜四海富国强民世界奇。

当时代站在历史制高点，
世界风云变幻莫测，
雨收云起，
汉致太平三尺剑，
奇思新巧一窗倚。
飒飒暖冬多哈会议进世贸，
荡荡喧春北京掷出“一带一路”，
朋友遍地。

风雨兼程四十岁的你，
穿越了几百年数千年的距离，

聚起了亿万人的力量，
洗清了整个世纪的耻辱，
挺起了脊梁，
染红了民族复兴的大旗。
你是丰碑，
是傲骨，
是大海咆哮，
高山霹雳。

栉风沐雨四十年的我，
经历了社会变迁的风风雨雨，
度过了时代风云的点点滴滴。
记着的是艰难困苦和血泪汗水，
创造的是沧桑巨变，
辉煌神奇。
今天，
扬起微笑的脸庞伴着微风的芬芳，

继续着新时代新思想的鸣笛，
不迷惘，
阳光已经折射它的光环；
不等待，
蓝图已给我们憧憬激励；
不寻找，
希望之路已展现在你我脚下，
悦耳的是撸袖和奋斗的绮丽。

莫停步，
四十年未走完的路，
还需要我们继续前行。

2018 年 5 月 18 日

思念是心底最简单的喜欢

无无边边，

又心心念念，

雪终于来了。

漫山遍野，

琼楼玉宇，

惟余莽莽。

来赴一曲天地之约，

来赶一趟使者盛宴。

静静地，静静地，

在蜡梅的芬芳中，

银白点缀着诗的红装；

在冬青树的傲娇里，

听一片玉碎的声响，

纯粹如天使的羽翼，
轻抚大地的每寸苍莽，
真诚泛出粼光，
跃动闪现月牙的白爽。

形影浩荡，
上景高远。
听雪，也在听心，
梦醒刹那，
心里涌出一朵清香的兰花，
山河皆静，幽幽四方，
美妙的冰雪封存，
浪漫的优柔华章。

我在南国，
拨弄着一堆火的温暖；
你们在北方，

凝望飘飘洒洒的清寒。

那或许，

思念是心底最简单的喜欢。

春的脚步

我听见了春的脚步，
尽管她的步履那样轻盈。

轻盈得让人心跳，
让人追梦，
给人画意，
给人诗情。

绿芽、小雨、柳风、桃红、芬芳，
都是你的代名词，
都是你的标签和缤纷艳英。

当目送你渐渐走远，
就像我期盼你明年快快靠近那样急切。

怀念父母

古老的义乌王蒲潭，
门前的东风河，
门后的后秧田，
歌唱得还是那么欢。

清晨，
父亲挑着水桶，
那蹒跚的脚步，
把水缸溢满。
黄昏，
妈妈拎着竹篮，
捶衣的棒声，
像晚钟震响道院山。

村东的碑亭、下桥，
油菜花开得正艳。
暖阳下，
父亲叼着烟杆，
眯着双眼，
滚滚而流的不是泪，
是汗，
是油，
是苦涩的甘甜。

老屋傍着婶家的菜园，
黄瓜，
油冬，
韭菜，
还有枝头的香椿叶。
妈妈踏着露水，
摘了满满一篮。

锅里没有油，
碗里没有肉，
可妈妈烧的菜，
至今，
仍让我刻骨铭心地馋。

又一处老宅，我的诞生之处，
那是他们勒紧了的腰，
菜色的脸，
压弯了的背和承载着希冀的肩膀，
那是他们在给我遮风挡雨，
给我的激励与期盼。

饱经风霜，
他们是不屈的老人，
破衣盖着长毛兔，
烂衫裹着老猪娘。

还有那草包，

草席和换面，

他们用自己，

粗糙的手，

满脸的皱纹，

支撑起了这个家，

换来了我艰难又快乐的童年。

窝虽旧，

那是我成长的地方；

家虽陋，

它是我心中的太阳。

今天虽然换进了樊笼，

老宅仍是我的牵挂，

我的念想。

放大的父母照片，

跟所有伟人的巨照一样，

一样伟岸。

2017 年清明于琼海御景湾

感念今生

一生真的很短，
短得让人不敢回首。
短得若干年后，
我们都将别离。

别离，
我们彻底归零，
变成了下一代人茶余饭后的话题。

我们奋斗一生，
带不走一草一木。
我们执着一生，
带不走荣耀华丽。

今生，

无论贵贱贫富，

到了天国，

蓦然回首，

太过匆匆的这一生啊，

让我们都走到了一起。

人老了，

才真正知道什么是日月如梭，

什么是白驹过隙。

用心生活，

安享现在，

天天开心快乐颐养天年。

三千繁华，

弹指刹那；

百年之后，

几片纸旗。

一辈子真的好短，
有多少人说好好过一辈子，
可走着走着就剩下了传奇。
又有多少人说好要做一辈子的朋友，
可转身就成为最陌生的熟悉。

趁我们都还健硕，
能爱时就认真去爱，
能玩时就玩出奇迹。

没有绝对的傻瓜，
只有愿为你装傻的人。
只有肯原谅你的人啊，
才不愿失去你。

真诚才能永相守，

朴拙才配长心仪。

你惜我如玉，

我珍你如金，

再深的感情也需要打理。

人在世间走，

本是一场梦。

一辈子就图个无愧于心，

悠然天地。

人生，

哪有事事顺心？

生活，

哪能样样如意？

不和别人较真，

因为不值得；
不和自我较真，
因为我们伤不起；
不和往事较真，
因为没价值；
不和现实较真，
因为我们还有梦想的遐期。

好好享受生活，
因为生活转瞬即逝；
好好珍惜身边的人，
因为没有下辈子的回忆。

感念今生，
不求来世的神怡。

礼 仪

"一带一路"的节点，
博鳌浪拍得一涌一离。

邂逅，
是梦想与现实的交错；
邂逅，
是灵和肉的结集。

九十五岁与五岁，
近一个世纪的年轮，
游荡在玉带滩，
氤氲在水的柔情，
同样感受河与海的身姿袅娜和妙奇。

大手与小手的骨感，
浪漫出南国的情趣，
东屿岛的闲适，
椰子树婆娑着风情，
国际范与田园风光融合的诗漪。

那令人梦绕魂牵的，
蓝透了的海与蓝透了的天，
相互缠绵的片刻，
在“海的故事”，
寻一片宁静和诗意。

用心感受大海的诉说，
用心感受波涛的代际礼仪。

2017 年 12 月 28 日于琼海

守　候

清晨，

守候着的伞传来了雨的声音。

静静地，

泪，

滴进了心扉。

叶儿，

等待着雨的吹皱，

让它沙沙作响摇头摆尾。

花儿，

等待着雨的侍弄，

让它飘飘欲仙娇艳欲滴。

鸟儿，

等待着雨的到来，
它要唱响第一个最美和声的清脆。
伞，
等待着雨的靠近，
还妻子的好梦，
女儿的清凉，
稚孙的安睡。

伞守候的是雨，
是雨的力量，
雨的温柔，
雨的眼神，
雨的风情，
是雨和伞的连接，
是雨和伞的永不分开。

守候，
是知道雨的脆弱，

也知道雨的坚强；

是知道雨的欢笑，

也知道雨的眼泪；

是知道雨沉默的心思，

也知道雨静静地释怀。

是愿意笨笨地，

住在别人的世界，

为别人着想，

为别人犯傻，

为别人把青丝变成白发，

无须鲜红和翠碧。

守候雨的诗，

就像守候伞的歌。

守候，

是永恒的拥抱和相爱。

2017 年 7 月 26 日

依然美丽

同学会，感慨万千，记之。

那年起，
激情慢慢回归宁静。
所有为人称道的遇见和邂逅，
整整几十年的分离，
凝结成了今日同学相聚。

园格外的静，
春格外的绿。
静得只剩下这群古稀发出的笑声，
绿得让梦想的枝条再次编织起我们的友谊。

时日，
把依依悠悠的微风，

洒满了那枚操场的宁静。

十分钟，

是谁把激昂的歌谣从春天起伏到秋天？

半小时，

是谁带领我们朝初旭的晨曦涌动？

晚霞改变着白云深处流动的情愫。

眼神和流云的对视，

田野与闹市的徜徉，

晨读和晚修已成为习惯，

生命之芽充满期冀，

那是个特殊的时期。

静下心，

一支像师长这样的恩师团队，

让我们摆正心态，

不畏艰难。

换来，

一辈子奋斗，

助飞，

时刻奔跑，

不敢歇息。

我们，还有我们的母校，

难分难舍的别离，

最后，离散还是被时光收聚。

曾经，一眨眼的青葱与成熟，

画圆了每一个自己。

领导、老板、记者、教授，都是生命的演绎。

我们的每一步，

都踩在坚实的山岩与土地上，

起起伏伏，跌宕出人生美丽。

我们是共和国的又一代创业者，

改革开放就是我们最美的答卷与红旗。

我们没有辜负当年的轻狂、意气与汗水，

完成了披荆斩棘，

触到了远方的诗意。

今天，

我们从心了。

文字和语言已突破藩篱，

都没有 QQ 和微信来得实际与便宜。

年轮是一抹有迹可循的小札，

沾了雨水，

留下清朗的印记。

来到这里，

一个心情就会找到，

为我们相遇，

存满抚慰、感动和夕阳红的惊奇。

虽然，

左岸是无须再提的回忆，

右岸是仍待珍惜的期许。

剖析过每个淡定的日子，

经典的音符依然跳跃悠扬；

久存了的酒香，

愈加再现浓烈、纯真和醉人的意义。

把阳光和蝉鸣，

折皱在深邃的云彩，

和守望的眸子里，

走向一处静谧。

一群感悟过激扬青春、激扬远方的人儿，

感悟过生活的我们，

几十年后依然美丽。

五十六天，曾经的洁色香馨

10月20日因肺损伤，入住北京航天中心医院呼吸科。得到了邹外龙、张新军、任维等医师和孙永乐等护士的精心治疗和诚心呵护。在病情几次反复的情况下，他们潜心研究，勇于探索，终于攻克了难关，治愈了疾病。特记诗感谢。

五十六天前，
颤抖着，
走向洁色。
洁色的墙盯，
洁色的床，
洁色的衣帽，
还有那洁色的倒挂花瓶。

五十六天，
寂然的雷声轰隆，

惊悚的声息伶仃。
温语软言的问候，
帮扶摇曳的娉婷。
一颦一笑，
在灰心的心底反复着安慰和咛叮。

无数倒挂花瓶的爱和情，
修复了失望者的心径，
坚强了生命的信心。

五十六天后把我送进了金色。
金色的树，
金色的大雁，
金色的太空，
还有那金色的流动生灵。

感恩这里，

五十六天，

曾经的洁色香馨。

2018 年 12 月 14 日

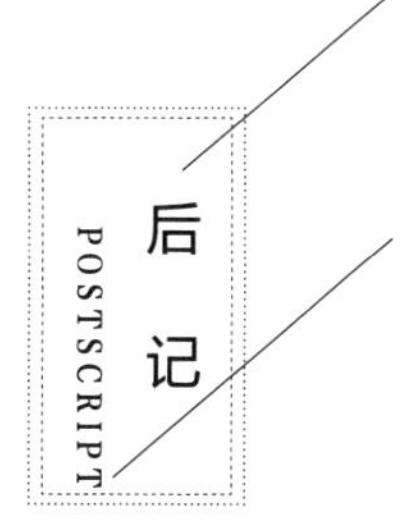

后记

POSTSCRIPT

《形上诗词二百首》终于完成了。我的心是忐忑不安的：一方面是因为自己能在一年半时间里通过勤奋学习，粗略地懂得了一些诗词知识，掌握了一些诗词写作要领，写出了近 300 首诗词；另一方面又惭愧地深知自己对诗词及写作的理解不足，作品的呈现有诸多缺陷。但丑媳妇儿总要见公婆，公婆是读者，是评论家，就让公婆评论吧。

本诗集共八个部分，每个部分都自成一个主题，如友谊，如景色，如情感，如婚爱，如生命，如各方融合，如一生之歌，如自由表达，等等。有些以组诗出现，有些是单诗出现；有些以诗的形式，有些以词的形式，总体上表达了自己的心情、情绪、态度、立场、主张和观点。

回忆我这辈子，一路走来，也真的饱含艰难和曲折。我出生在中华人民共和国成立前，基本没读小学，有机会读完初中，高中又面临“文化大革命”，无奈回家种田。参军入伍后入党提干，转业进入公务员队伍。后开始恶补大专学业，到本科毕业，直到浙江大学传播学研究生课程结业。进入大学，职称行政上是正处，学术上是教授。付出的艰辛自不待言，但这也是荣耀的一生，幸福的一生，对得起自己良心、道德和生命的一生。

这本诗作终于要出版了。非常感恩这个社会的实践、变革和创新精神，感恩各单位同事的深厚友谊和互敬互谅互让的精神感情，感恩这个赋予我各种美好生活品质和状态的家庭，感恩如万花筒般丰富的生活中点点滴滴的乐趣和美好。这都是我创作的源泉。

这本集子的编辑，除了得到杨利民老师真心实意的帮助外，还得到了王警贤、水滴、无念、关瑞华等众多诗友的帮助。同时也非常感谢中国财富出版社编辑和贝壳出版公司老师们付出的辛勤劳动。在此一并致谢！

形　上

2018 年 12 月 20 日于北京